Ambre 2 Mac

Le récit d'Ambre
Partie 1

Ingrid Morel – Damien Claire

Ambre 2 Mac

Le récit d'Ambre
Partie 1

EDITIONS

© Rouge Noir Editions
Le Code de la propriété intellectuelle interdit les copies ou reproductions destinées à une utilisation collective. Toute représentation ou reproduction intégrale ou partielle faite par quelque procédé que ce soit, sans le consentement de l'auteur ou de ses ayant cause, est illicite et constitue une contrefaçon, aux termes des articles L.335-2 et suivants du Code de la propriété intellectuelle.

Qu'est-ce que l'amour sinon du doute, de l'attente, du désir, de l'espérance ?

Erik Orsenna

Chapitre 1

C'est une superbe journée qui commence. Oui, je sais, je le répète tous les jours depuis maintenant plusieurs semaines déjà. Mais c'est normal quand on se réveille et qu'on voit un corps aussi magnifique à ses côtés, non ?

Je me lève doucement, sans faire de bruit. Un regard en arrière et je vois le drap à peine posé sur son corps nu. Il me faut faire appel à toute ma volonté pour résister à l'envie de retourner m'allonger prêt d'elle, de glisser mes doigts sous le tissu léger pour caresser sa peau…

Bon sang, je dois vraiment arrêter de fantasmer comme ça sur elle chaque matin sinon je vais être une nouvelle fois en retard…

Je quitte la chambre avec regret pour me diriger vers la salle de bain. Plus que quelques jours de kiné et à moi la liberté, adieu bandages. Bon, deux séances par semaines, ce n'est pas un drame, d'autant que c'est pour mon bien et honnêtement ce n'est pas cela qui me dérange, c'est le regard des gens sur moi qui me gêne. Depuis que notre histoire a été médiatisée, tout le monde nous observe…

Vivement qu'on déménage !

Un petit déjeuner rapide, des croquettes pour mon gros Bart et sa séance de câlins du matin et je file à mon rendez-vous.

Comme prévu, j'ai droit aux regards de mes voisins en salle d'attente. Les événements ont beau dater de quelques mois, rien n'a changé, je suis toujours celle qui a réussi à faire tomber un des plus grands trafiquants du pays, mais pas seulement, je suis aussi la fille a la vie sexuelle mouvementée, pour dire ça poliment… C'est ça quand vos secrets sont diffusés en direct à la télévision, fini l'intimité et bonjour les jugements et les critiques…

La jeune femme timide que j'étais a dû s'habituer à tout ça, pas le choix. Heureusement, Mac, l'amour de ma vie, a su me rassurer. Mon passé est loin derrière moi, je suis une nouvelle femme maintenant, une nouvelle Ambre, une femme capable de tout pour le bien de ses proches, une femme totalement folle amoureuse. Mince, alors que je pense à elle, j'ai encore en tête les images de son corps sous les draps. Je rougis, comme si mes voisins pouvaient entendre mes pensées...

Dieu merci le kiné est un homme bien, il ne pose aucune question en me voyant écarlate et se contente d'agir en professionnel. La séance se déroule sans problème, je sais être bonne élève quand je veux.

Quand je rentre enfin chez moi, je suis seule. Mac est déjà sortie, c'est bien dommage un câlin n'aurait pas été de refus mais c'est comme ça. J'en profite donc pour commencer le travail sur moi-même comme me l'a demandé la psychologue. Je dois apprendre à faire face à tout ce qui s'est passé afin d'arrêter de faire des cauchemars. Selon elle, il n'y a rien de mieux que l'écriture…

Alors voilà, aujourd'hui, c'est le jour J, le jour où je commence à écrire ce qui s'est passé. Je ne sais pas qui va me lire à part la personne qui fait battre mon cœur et qui est déjà au courant de cette démarche. Je ne vais pas non plus le publier, c'est trop personnel, c'est ma vie, notre vie…

Avant toute chose, je dois prévenir que tout a été enregistré. Eh oui, après les derniers événements, je me suis mise à enregistrer toutes mes conversations, partout où je me trouvais, même quand ce n'était qu'un simple boulanger en face de moi. Je pense que ça m'a beaucoup aidé, pouvoir me dire que si une nouvelle histoire me tombait dessus, j'aurai en ma possession des preuves en cas de nécessité…

Finalement ça m'a surtout aidé pour ne rien manquer, ne rien oublier avant de me mettre à écrire.

Alors, par quoi commencer ?

Le jour où j'ai croisé l'inspecteur ?

C'était assez banal en fait, ça s'est passé juste avant un de mes rendez-vous chez le kiné. Oui, déjà à l'époque, j'allais chez le kiné. Je devrais peut-être prendre un abonnement là-bas maintenant que j'y pense. Bref, c'était une simple discussion, l'inspecteur venait m'informer que Franck allait mieux et qu'il se remettait de notre « aventure », dans une certaine mesure, ça m'a rassuré vu que j'étais responsable de son état. J'avais reçu l'interdiction de prendre de ses nouvelles à l'hôpital et j'étais donc assez inquiète, craignant d'être accusée d'homicide involontaire, même si on m'avait assuré que j'étais en légitime défense. Malgré tout cette nouvelle sur la santé retrouvée de Franck faisait naître en moi une nouvelle crainte. Même si on avait pu avoir des aveux en direct, des preuves concernant les policiers corrompus ainsi que les noms de tous les trafiquants, je n'étais toujours pas totalement rassurée. Un homme comme Franck était sûrement capable de s'en sortir malgré tout ça.

Pas question cependant de montrer mes doutes à cet inspecteur. Après tout, je ne le connaissais pas et depuis que je savais qu'une partie de la police était de mèche avec Franck, ils ne m'inspiraient plus vraiment confiance. Qui sait si nous avions bien trouvé tous les noms des flics ripoux ?

Les jours qui ont suivi, j'avais la tête ailleurs et je n'ai rien dit à Mac et à Lorie. Erreur de ma part, surtout, après tout ce qu'on avait vécu ensemble. Lorie filait le parfait amour avec Stephen, depuis la promesse d'un beau mariage, rien ne pouvait lui enlever son sourire alors, je ne pouvais pas lui parler de mes craintes. Quant à Mac ?

Ma merveilleuse Mac, maintenant qu'elle pouvait enfin vivre librement, elle faisait tout pour trouver un travail stable, elle ne voulait pas que je sois seule à gérer les dépenses. Ce n'était pas simple, la plupart des patrons avaient du mal surtout depuis que la télévision avait fait un reportage la montrant comme une personne ne se laissant pas faire, sans parler que le fait qu'elle affiche son penchant lesbien faisait fuir la majorité des hommes. Je ne comprends toujours pas en quoi ses préférences sexuelles influent sur ses capacités à exercer un métier, mais bon, ainsi va le monde, hélas. Bref, elle n'avait pas besoin que je l'embête avec mes doutes…

Un jour, on a reçu la fameuse lettre que nous attendions et que nous redoutions. Quelle lettre ?

Je vous aide si je vous dis convocation ?

Oui, oui, pas le choix, il fallait bien passer devant le tribunal. Impossible d'y couper, nous étions toutes les deux au centre de cette affaire. Mac était la personne clé de cette affaire, aussi bien témoin du meurtre, que témoin et complice, bien que sous la menace des trafics de Franck. J'avais moi aussi une place importante en tant que témoin. C'est à partir de ce moment que mes cauchemars ont commencé. Il faut dire que j'avais vraiment peur de le revoir lui, peur de faire face à tout ça. On nous avait prévenu que notre passé serait mis en avant lors des audiences et le mien était tout sauf radieux. Mac s'en foutait de son côté, sa vie n'avait pas été rose mais il n'y avait rien qu'elle put se reprocher. Ce n'était pas mon cas, je n'avais aucune envie qu'on reparle du meurtre que j'avais commis à dix-sept ans, je ne voulais pas qu'on déballe mon ancienne vie, il m'avait fallu tant d'efforts pour me reconstruire. Il n'a donc pas fallu longtemps pour que les cauchemars envahissent mes nuits. Très vite, Mac s'en est aperçue. Réveils en sueur et en pleurs ont alors rythmés nos nuits et même si elle ne comprenait pas, elle m'offrait le réconfort de ses bras et c'était tout ce que je voulais, ne pas parler, ne pas y penser, juste ses bras autour de moi, son corps contre le mien, juste sa présence, elle était ma force, elle était mon ancre…

La première audience eut lieu un mardi à neuf heures pile, l'inspecteur nous a retenu avant d'entrer, un sourire de fierté alors que de mon côté, mon cœur faisait déjà des bonds, menaçant de lâcher à tous moments.

— Bonjour, vous allez bien ? a-t-il demandé.

Impossible de répondre, l'angoisse me paralysait complètement. Génial, ça promettait pour le face à face avec Franck.

Étais-je encore cette jeune femme forte que Mac voyait ?

Sa main serrant la mienne me fit me ressaisir et me permit de répondre un OUI ferme. Je ne répondais pas seulement à l'inspecteur mais aussi à ma petite voix interne. Alors, nous sommes entrés tous ensemble. Petit soulagement, il n'y avait pas de journalistes, la salle était presque vide. Il y avait bien les avocats de la défense, le jury, la juge, bref tout ce qu'il y a de plus normal, mais l'audience était plus que restreinte, l'affaire était trop importante. La porte a soudainement claqué et quatre hommes en costumes, taillés sur mesure, sont entrés. Aucun doute possible sur leurs identités, ça ne pouvait être que la famille ou les amis de Franck. Ils sont passés près de moi et se sont arrêtés. Le premier m'a lancé un regard dur et froid, j'ai eu l'impression qu'il voulait me tuer sur place simplement en me fixant, puis il a détourné la tête et s'est installé. Le second en revanche m'a lancé un sourire que je n'oublierai sans doute jamais.

— Mac je ne savais pas que Franck avait un frère. Dis-je, étonnée.

— C'est son cousin Antonio, ils ont grandi ensemble jusqu'au lycée.

Une réponse et voilà cette peur qui revenait, un cousin ou un frère, peu importe, ils étaient proches…
Toute une famille de trafiquants pour qui je devenais la cible à abattre. Pourquoi n'avait-on rien trouvé sur le reste de la famille ?

Je n'osais plus tourner la tête, je n'ai même pas vu la juge entrer dans la salle et j'ai sursauté au premier coup de marteau quand elle a demandé à faire entrer l'accusé. Escorté par deux agents, Franck a fait son entrée. Cette fois c'est moi qui serrai la main de Mac, je pense même que j'aurai pu la broyer tant mon cœur s'était mis à tambouriner avec force dans ma poitrine. Il a tourné la tête vers nous et nous a regardé un moment sans arrêter de sourire. Visiblement la situation ne lui a pas retiré son assurance. Lorie, qui avait tenue à nous accompagner, m'a demandé si c'était normal qu'il nous sourît ainsi ?

Était-il si sûr de ne pas rester enfermé ?

Où était-ce de la haine à la suite de ma trahison ?

Rien, il ne montrait rien. Puis son regard s'est posé sur sa famille, son père et son cousin, et alors son sourire a disparu et Mac m'a fait remarquer qu'il s'était même mis à serrer les poings. Il y avait donc quelque chose qui le dérangeaient, c'était plutôt rassurant.

Mac devait se présenter à la barre et après avoir jurée de dire la vérité en posant la main sur une Bible, elle a dû raconter ce qu'elle savait, en commençant par leur rencontre.

— Franck, enfin l'accusé, m'avait sorti de la merde… Heu, excusez-moi, je vais reformuler ma phrase correctement. J'avais vingt-cinq ans quand j'ai rencontré l'accusé, j'étais dans un bar en vue d'un entretien pour un boulot de physionomiste. On m'a demandé de faire mes preuves en virant deux hommes qui avaient trop bu. Ils n'ont pas vraiment apprécié qu'une femme leur donne des ordres et j'ai dû casser une main un peu trop baladeuse. Par la suite, deux autres hommes sont intervenus pour les aider. À quatre contre moi, j'étais foutu, mais Franck était là pour réaliser une vente et il a éclaté les mecs. On a alors commencé à se voir. Au début, tout était simple, il avait ses secrets et je m'en foutais. Puis il m'a emmené avec lui, une fois, deux puis trois, j'ai alors compris ce qu'il faisait réellement. En fait, il ne s'en est jamais vraiment caché et j'avoue que je n'avais pas vraiment envie de me retrouver une nouvelle fois dans la rue, alors, je n'ai rien fait. Les premiers mois, il n'a pas eu besoin de me droguer, j'en consommais volontairement et ça lui a facilité les choses. Il m'a alors fait participer à ses affaires. En moins d'un an, j'étais devenue la femme de sa vie, il m'a alors présenté à certaines personnes de sa famille, il me faisait confiance. Si au début rien ne me dérangeait, ça a changé au bout d'un an, quand j'ai croisé une des jumelles, elle était totalement défoncée et se baladait à poil. Je ne connaissais pas leur âge exact mais elles n'étaient pas majeures à ce moment-là. J'ai eu tellement de peine pour elles que j'ai arrêté de me droguer. J'y suis allé petit à petit, ça n'a pas été facile mais j'ai réussi. Un soir, l'une d'elles est venue me rejoindre pendant que Gérard, son père, discutait avec Franck. Elle m'a avoué en avoir marre de la vie, que sans drogue, elle ne tiendrait pas. Elle se faisait violer chaque semaine par les hommes de son père. Je suppose que sa sœur avait droit au même traitement elle aussi. La drogue l'aidait à oublier mais ça ne l'empêchait pas de se détester dans ses moments de lucidité. Elle était à bout mais ne savait pas comment s'en sortir. On a passé une bonne partie de la nuit à parler... Si jeune et déjà complètement détruite. Même

Franck avait profité d'elle. L'homme puissant, qui a un don pour la manipulation, s'est taper une mineure, droguée… Ouais, je vous vois venir, accusation sans preuve. Ok, je la ferme. Dommage que les morts ne puissent plus parler… Quoi qu'il en soit, cette nuit-là, elle m'a dit de faire attention. Je ne savais pas pourquoi mais quelques jours après, on l'a retrouvée morte dans sa chambre. Son père a alors pété un câble et s'est mis à menacer Franck. Mais Franck s'en foutait et il s'est empressé d'aller retrouver l'autre jumelle, lui fournissant de la drogue à volonté. J'étais présente, je lui ai dit d'arrêter mais il m'a fait sortir de la pièce pour continuer son manège en paix… J'ai appris sa mort le lendemain, c'est là que j'ai compris ce qui m'attendais et qu'il fallait que je démolisse Franck si je voulais avoir une chance de m'en sortir. Je n'étais plus amoureuse depuis le jour où il s'était mis à battre une jeune servante avec qui j'avais échangé un bref baiser. Je n'avais donc plus de raisons de rester. Le père des jumelles est devenu fou, perdre ses deux filles coups sur coups, l'a profondément bouleversé et il a débarqué en début de soirée. Les gardes l'ont maitrisé et l'ont attaché avant de l'emmener devant Franck. J'étais là, il n'a pas cherché à savoir si ça me dérangeait, il a clairement dit qu'il allait le butter, il craignait qu'il ne devienne un problème pour son business. Je ne sais pas pourquoi mais quand il m'a donné son téléphone, j'ai enclenché la caméra et j'ai tout filmé. Cette preuve, vous l'avez maintenant. Le soir même, je me suis enfuie. Je suis aussitôt allé trouver la police et on m'a demandé de rapporter les preuves de ce que je venais de leur raconter. Au moment où je suis revenue avec le téléphone en main pour leur confier, j'ai entendu un appel. C'était Franck qui demandait aux policiers de le couvrir, de détruire les preuves et de me ramener à lui. J'ai décidé de rebrousser chemin et je suis partie dans une autre ville. C'est là que j'ai commencé à recevoir des menaces par texto et même par courrier. Et on en est là aujourd'hui…

— Donc, vous confirmez que vous étiez la complice de monsieur Franck Miguel GOMEZ dans tous les trafics, mademoiselle Davis ?

— Oui, je confirme. Je l'ai suivi partout, je suis en mesure de reconnaître toutes les personnes impliquées. J'ai touché la drogue, j'en ai même consommé, mais à aucun moment, je n'en ai vendu.

La tension montait dans la salle mais Mac restait sûre d'elle, ne laissant paraître aucune peur. Moi, j'étais assise dans les bancs et je tremblais comme une feuille. La principale différence entre elle et moi, c'est que Mac avait vraiment été la petite amie de Franck alors que moi je m'étais contentée de jouer un rôle. Au début, elle l'avait véritablement aimé, d'ailleurs cette photo d'elle en train de l'embrasser le prouvait. Je m'en voulais de penser à ça à ce moment précis. C'est alors que j'ai compris soudainement pourquoi il n'y avait que des hommes dans la maison de Franck. Mac avait embrassé une des serveuses… Je souris, je sais que ce n'était pas du sérieux mais ça prouvait que sa relation était bien finie avec lui à ce moment-là. Il n'avait pas dû apprécier et la peur de voir une scène identique se reproduire l'avait poussé à ne garder que des hommes autour de lui. Son foutu ego en avait pris un coup.

Bravo Mac !

Les questions fusaient pour Mac mais rien ne parvenait à la troubler…

Elle était si belle, si forte et, elle était avec moi…

Le marteau a cogné deux fois et cette première audience s'est achevée. On s'est tous levés et Mac m'a rejointe sous l'œil de Franck qui serrait la mâchoire. Ressentait-il toujours quelque chose pour elle ?

Ou pour moi ?

Son père s'était rapproché de lui et l'avait alors traité d'idiot, puis il est venu vers moi.

— Quand j'ai vu cette vidéo de vous tirant sur mon fils, je me suis promis de vous le faire payer. Il a trouvé plus fort que lui cette fois, son amour pour les femmes. Quelle bêtise. Vous donnez l'impression d'être fragile mais au fond, vous êtes un véritable danger. C'est dommage, vraiment dommage, qu'il n'ait pas réussi à vous convaincre, mais c'est loin d'être terminé, il ne restera pas longtemps enfermé. Ceci est une promesse ma chère. À bientôt.

À peine était-il sorti que je relâchais un long soupire. Il faisait vraiment peur cet homme, rien à voir avec Franck, il était très, voir trop, froid. Bon en même temps, comment ne pas avoir peur alors qu'il venait juste de me menacer. Il voulait me faire payer, mais comment ?

Il voulait me tuer ?

Me torturer peut-être ?

Je regardais Mac qui me faisait un signe négatif de la tête, avait-elle deviné mes pensées ?

Elle a déposé un doux baiser sur mes lèvres et même si Lorie a insisté pour qu'on sorte tous boire un verre, j'ai refusé en prétextant un autre rendez-vous. Une excuse bidon pour me retrouver seule à la maison, tout lâcher et pleurer, pleurer encore.

C'était juste la première séance et on a pour nous des preuves solides. Je me le répétais en boucle pour tenter de me rassurer mais rien ne fonctionnait. Dès que je sortais, je me sentais espionnée. Après tout, je ne connaissais pas la famille de Franck, qui pouvait savoir de quoi ils étaient capables ?

Même les paparazzi devenaient un danger potentiel, d'autant qu'ils n'hésitaient pas à diffuser la moindre photo ou vidéo. Et les avocats ne se priveraient pas pour s'en servir contre nous. Bien sûr, quand Mac était avec moi, son caractère suffisait à faire fuir la plupart des curieux...

On s'était tous mis d'accord entre nous pour ne pas toucher à l'argent que j'avais pu cacher, pas tant que tout ça ne serait pas fini. On pouvait être dans la merde, on ne toucherait pas à l'argent. Si on le faisait ça ne ferait qu'amener d'autres soucis. On devait d'abord en finir avec Franck et être sûr que sa famille ne ferait rien...

Quand Lorie et Mac se trouvaient dans la même pièce que moi, je refoulais parfaitement mes craintes. Carlos et Nadine ne m'ont jamais laissé tomber et le soir de l'audience, ils sont venus avec leur petite puce, Annie, ce petit rayon de soleil qui gazouillait. Carlos n'a jamais caché sa fierté, avec ce qui est arrivé, il avait eu une augmentation et des portes se sont ouvertes dans son travail. Je me souviens de notre discussion ce soir-là.

— Tu es une star, enfin ma star, pour les autres, c'est un peu plus compliqué. Tu as été mise à nu mais tu as su faire ce qu'il fallait. Tu as pris de sacrés risques mais ça en valait la peine.
— Carlos et moi, on est et on sera toujours fiers de toi. Tu restes notre baby-sitter n'est-ce pas ?

Nadine m'a prise dans ses bras et j'ai apprécié l'étreinte réconfortante d'une mère. Elle a eu vraiment peur pour moi. Quand ils sont repartis, j'ai eu cette sensation de vide immense en moi.

Quand je regardais par la fenêtre, j'imaginais Franck en bas à me surveiller. Et je l'ai vu… Oh pas vraiment lui, je savais qu'il était derrière les barreaux, mais il y avait bien un homme qui regardait en direction de mon étage. Le sourire qu'il m'a lancé ne laissait aucun doute possible, il était là pour me surveiller.

Qui était-ce ?

Que me voulait-il ?

Il avait alors sorti un appareil photo et les flashs m'avaient aveuglé. Un journaliste ou un des paparazzis qui voulait une photo pour sa « une » ?

Je reculais, ma vie n'avait plus rien de secret, le moindre de mes mouvements étaient épié. Comment se sentir en sécurité ?

Je me réfugiais dans ma chambre où Bart se posait sur mes jambes, mon fidèle Bart. Je tentais de garder la tête froide, le danger se trouvait enfermé et tant que le juge ne donnerait pas son verdict, je ne craignais rien. La famille de Franck allait attendre. Coupable et ils me tueraient sans doute, Non coupable et Franck me ferait sûrement enlever pour se venger.

Quand Mac est rentrée, elle m'a trouvé par terre avec Bart. Une habitude que j'ai prise. Elle m'a réveillé d'une caresse dans les cheveux, puis sur ma joue. La vue de son visage m'a rassuré puis elle m'a tendu la main et je savais déjà à son regard que nous allions partir bien plus loin que ce monde. Comme à chaque fois, je me suis mordu la lèvre inférieure et elle a tapoté dessus en disant comme toujours.

— Il ne faut pas abîmer de si jolies lèvres.

Avec un sourire, elle sortit de son dos une rose, la même que celle qui lui avait servi à me prévenir qu'elle allait bien à l'époque. Mes larmes ont glissées toutes seules et Mac m'a serré fort contre elle tout en me promettant de tout faire pour que les choses se passent pour le mieux. À ce moment-là, ma peur s'est envolée…

Chapitre 2

Comment ne pas se laisser transporter par cette chaleur qui grandissait en moi ?

Mac a ce don, une seule caresse et je pouvais fondre, avec elle je me perds totalement. Ses doigts ont fait le tour de mes lèvres avant qu'elle y dépose les siennes, délicatement, pour me donner plusieurs petits baisers. Elle a ensuite posé ses mains sur ma nuque afin de détacher le ruban qui retenait mon haut le laissant ainsi glisser sur mon ventre. Elle m'a regardé avec un sourire en coin, les yeux brillants…

Alors, c'est moi qui ai pris possession de sa bouche avec plus de passion. J'ai senti ses doigts parcourir ma colonne vertébrale, caresser mes hanches pour remonter sur mes seins. Ma respiration s'est accélérée tandis que son souffle dans mon cou me procurait de légers frissons. Mes mains ont alors fait chuter sa veste en cuir sur le sol et j'ai soulevé son tee-shirt afin de lui enlever totalement. À mon tour, j'ai caressé sa poitrine puis j'ai repris ses lèvres tout en introduisant doucement ma langue pour jouer avec la sienne. Mission réussie visiblement car elle m'a alors fait tomber sur le lit pour couvrir mes seins de baisers et de douces morsures. Alors que j'appréciais ses caresses, elle a commencé à descendre vers mon ventre. Sa langue a fait le tour de mon nombril, impossible pour moi de résister davantage, j'en voulais plus, bien plus. Elle a alors fait glisser ma jupe tailleur jusqu'à mes chevilles qu'elle a embrassé avant de remonter avec une lenteur parfaitement contrôlée…

Ses mains sont arrivées entres mes cuisses et un frisson de plaisir m'a parcouru, ma respiration est devenue plus forte, et je me suis mise à trembler dans l'attente des plaisirs à venir. J'ai ouvert les yeux pour la voir alors qu'elle me fixait. Je savais qu'elle adorait ça, voir à quel point elle me faisait de l'effet. Je me suis alors redressée et me suis retrouvée au niveau de sa taille, juste en face de la ceinture de son pantalon. J'ai mordillé son ventre tout en déboutonnant le vêtement devenu de trop pour la suite de nos projets. Mac s'est trémoussée un instant afin de m'aider à le faire descendre puis j'ai agrippé son boxer entre mes dents. De mes deux mains posées sur ses hanches je l'ai faite pivoter pour qu'elle tombe à mes côtés et, toujours à l'aide de mes dents, j'ai fait descendre le sous-vêtement…

Plus aucun tissu ne me séparait de son corps, elle était toute à moi. J'ai alors fait glisser ma langue de son pied jusqu'à son entre-jambe. Des frissons l'ont parcouru à son tour. J'aime la voir et la sentir réagir ainsi à mes caresses. Tout en remontant sur son ventre, j'ai laissé un doigt s'amuser avec son clitoris. Ses petits gémissements m'ont incité à continuer ma caresse alors que ma bouche arrivait sur sa poitrine et que je gobais un téton entre mes lèvres. J'ai commencé à jouer de ma langue tout en laissant mon doigt explorer là où il était. Son humidité rendait mon exploration plus facile tandis que ses tétons se sont faits plus durs sous ma langue. Son excitation grimpait en flèche, sa poitrine s'est soulevée et ses gémissements se sont amplifiés…

Mon corps s'est enflammé à chaque son qui sortait de sa bouche. D'une main dans mes cheveux, elle a ramené mon visage près du sien et nous nous sommes embrassées sauvagement. Nos deux corps se sont collés l'un à l'autre tandis que nos mains se sont faites baladeuses. La chaleur est encore montée de quelques degrés quand elle est descendue entre mes jambes. De sa langue experte, elle a joué avec mes lèvres déjà gonflées par l'envie. Elle m'a aspirée, léchée, lapée, puis elle a enfoncé sa langue en moi. Alors cette fois, c'est moi qui ai passé la main dans sa chevelure et qui l'ai incité à continuer plus loin, plus fort. J'en voulais plus, et elle m'en a donné plus en glissant ses doigts en moi afin d'aider sa langue. Ses mouvements se sont faits plus rapide et mes jambes se sont mises à trembler. Le plaisir m'a rapidement emporté alors que je n'ai pu me retenir de crier.

Alors que je n'avais pas encore repris mes esprits, elle est revenue vers moi, tout en continuant de me caresser. J'ai glissé à mon tour entre ses cuisses, posant ses jambes sur mes épaules, elle était déjà plus que mouillée, prête pour moi, ce qui ne fit qu'augmenter le sourire malicieux que j'affichais. Mon index ainsi que mon majeur se sont délicatement introduis en elle.

Doucement, j'ai entamé un mouvement de va et vient. J'avais toujours envie de la mordre, de la marquer comme étant mienne, je me suis donc rabattue sur sa cuisse. Quand mes dents ont croqués dans sa chair, Mac a eu un petit mouvement de recul, mais le mouvement de mes doigts a vite transformé sa douleur en plaisir et finalement, elle a apprécié la sensation de mes dents la marquant.

Alors qu'elle s'abandonnait complètement, j'en ai profité pour glisser un troisième doigt. Ses soupirs se sont faits plus rapide, plus bruyant également et j'ai commencé à accélérer le rythme. De ma langue je me suis mise à la taquiner en faisant de petits cercles autour de son intimité. Je l'ai torturé ainsi un moment, pour mon plaisir et surtout pour le sien…

Quand elle a commencé à supplier, j'ai aspiré son clitoris entre mes dents tout en jouant avec le bout de ma langue. Effet garanti, elle s'est mise à crier mon nom, me demandant d'y aller plus vite. Bonne élève, j'ai accéléré le mouvement de mes doigts tout en maintenant la pression de ma langue. Je l'ai alors sentie se contracter, elle a saisi les draps entre ses doigts comme pour se retenir face à la vague de plaisirs qui menaçait de l'emporter. Peine perdue, la vague s'est faite tsunami et Mac fut balayée, noyée dans un flot de gémissements. Le plaisir l'a envahi par vagues successives, la laissant inerte au milieu des draps à présent, froissés…

Nous sommes restées collées dans les bras l'une de l'autre une bonne partie de la nuit, plus rien ne pouvait nous atteindre…

Au matin, Je me suis tenue contre elle, silencieuse, tandis que mon index faisait de petits cercles sur la peau de son ventre. Quand elle s'est réveillée, elle a fait de même sur mon épaule puis elle m'a demandé ce que j'avais pensé de l'audience.

— J'ai peur qu'il s'en sorte. Il a l'air si confiant. Rien ne semble l'atteindre… À part peut-être sa famille, si j'en crois la tête qu'il a fait en les voyant.
— Sa famille a toujours su lui enlever son sourire. Franck est le successeur désigné, celui qui doit reprendre les affaires, aussi son père a toujours été très dur avec lui. Avec cette histoire, le fils prodigue a dû bien décevoir

papa Gomez. D'après moi, il va surement confier la succession à Antonio maintenant, mais ça va prendre beaucoup de temps, surtout avec la police sur le dos. Ils vont devoir rester discret un certain temps…

— Ils vont s'en sortir et le père va être furax après nous. Ils vont vouloir se venger…

— Non, ne pense pas à ça. Ils doivent rester discret, ils ne peuvent pas s'attaquer à nous, ils seraient aussitôt dans la ligne de mire des policiers. S'il nous arrive quelque chose, ça serait eux les premiers suspects. Et puis, connaissant cette famille, ils vont d'abord vouloir faire comprendre à Franck son erreur, ils ne vont pas l'aider pour le moment.

— Tu les connais bien alors ? Entre toi et Franck, c'était vraiment du sérieux ?

— Ambre, ce qui est sérieux, c'est nous deux, toi et moi, Ambre et Mac… Lui, c'est du passé, toi, tu es mon avenir. Tu m'as sauvé de cette vie infernale. Avec Franck, je pensais être amoureuse, mais avec toi, je sais maintenant ce que c'est que d'être véritablement amoureuse.

Je me souviens parfaitement de cette discussion. Mac, amoureuse, elle était gênée comme si elle avait dit un gros mot, comme si ce mot lui était interdit. Oh je savais déjà qu'elle était amoureuse, il y a des signes qui ne trompent pas, mais l'entendre le dire c'est toujours aussi fort. D'ailleurs, alors que je l'écris, je ne peux m'empêcher de sourire encore en y repensant. Mac, cette femme est devenue mon tout. Et donc après cette révélation, on s'est endormie et seul le bruit de son réveil est venu troubler mon sommeil cette nuit-là, pas de cauchemars.

J'ai ouvert un œil alors que Mac se levait pour éteindre le réveil, elle m'a alors dit de rester au lit, qu'elle avait un entretien, j'ai donc écouté son conseil et je me suis levée un peu plus tard. Seule, je me suis préparée et j'ai trouvé son mot sur le frigo :

Ambre.

Ma belle.

Il faut que tu passes chez le médecin afin de renouveler tes médicaments.

Doux baisers.

Mac.

Je n'avais vraiment pas envie de sortir seule. Je me suis servi une bonne grosse tasse de café histoire de me donner l'énergie nécessaire quand j'ai senti une grosse tête sur ma cuisse. Bart attendait sa caresse quotidienne. Eh bien cette fois, j'allais faire mieux, il allait sortir avec moi. Un Rottweiler comme compagnon de route, c'est quand même mieux que d'être seule et ça pourrait toujours faire fuir certains, même si Bart est de nature gentil. J'ai pris sa laisse et il est aussitôt devenu fou de joie. La porte à peine franchie, il a tiré si fort que j'ai dû lâcher prise au risque de finir au sol, j'ai hurlé son nom et heureusement, il est obéissant et m'a attendu en bas des escaliers, j'ai eu peur de le perdre, ma grosse boule de poils…

Dans la rue, je retrouve les éternels curieux mais heureusement, quand Bart grogne, ils reculent tous. Bon chien ai-je pensé, un sourire sur mon visage. J'ai profité alors de ce semblant de tranquillité pour m'attarder un peu dans le parc. J'ai pu libérer mon gros toutou qui ne demandait que ça, courir et faire le fou avec tous les morceaux de bois qu'il pouvait trouver…

Plus tard, en sortant de chez le docteur avec ma nouvelle ordonnance, je me suis cogné contre l'inspecteur. Un bonjour et un excusez-moi et comme il ne bougeait pas, je l'ai vu venir avec ses gros sabots et j'ai compris qu'en fait il m'avait suivi dès le départ.

— Ne vous excusez pas mademoiselle. Vous êtes malade ?
— Oui, enfin, non, c'était juste afin de renouveler mon ordonnance. Si vous voulez bien m'excuser, il faut que j'aille à la pharmacie en face.
— Je vais vous accompagner si vous le permettez. Votre chien est vraiment très beau. Il est dressé ?
— Non, mais il est intelligent.
— Tous les chiens le sont, ce sont les maîtres qui le sont moins hélas. Mademoiselle Baker, je vais être direct avec vous, monsieur Gomez affirme que son fils a pu être manipulé. On peut voir sur la vidéo qu'il avait une confiance absolue en vous et…
— PARDON ? En fait, non, pas de pardon. Je pense inspecteur que votre démarche n'a rien d'officielle. Si c'est pour m'accuser, je vous prie d'attendre l'audience afin de poser vos questions.
— Non, vous vous méprenez sur mes intentions, je ne faisais que vous informer de ce que j'avais entendu. La famille Gomez est influente, s'il y a des choses que vous nous avez cachées, il serait préférable de nous le dire

maintenant. Ça fait des années que je cours après ces trafiquants dans le plus grand secret, soyez sûre que je n'ai aucune envie de voir le jeune Gomez dehors.
— Si je l'ai manipulé, c'est uniquement afin de m'approcher de lui en vue de trouver des indices pour le faire tomber. C'était la seule chance pour Mac. Il a cru faire de moi sa nouvelle conquête, c'est tout, mais vous le savez déjà ça, il n'y a rien d'autre.

Il a penché la tête pour acquiescer avec un sourire avant de me laisser entrer dans la pharmacie puis il est resté avec Bart dehors. Pour une raison que j'ignore, Bart ne l'a pas grogné. Est-ce que ça voulait dire que c'était un bon flic ?

Le détecteur de Bart pour les gros cons dangereux ne m'avait pas déçu jusque-là alors, peut-être que l'inspecteur était vraiment un type bien. S'il cherche réellement à faire tomber les trafiquants, il méritait ma confiance. Et si toute la famille tombait alors je pourrais enfin être tranquille. L'inspecteur est ensuite reparti non sans me rappeler l'audience de vendredi. Mon cœur s'est alors emballé. Combien de fois allait-on devoir faire face à Franck ?

Combien d'audiences allait-il y avoir ?

Je marchais sans être particulièrement concentrée sur la route, Bart tire plusieurs fois sur sa laisse mais je n'y ai pas fait attention. La peur, les questions que ça amenait, formaient comme un voile entre le monde et moi. Dans quoi m'étais-je fourrée si même l'inspecteur craignait lui aussi que Franck s'en sorte. Sa famille était influente, c'était évident, et avec leur argent, ils pouvaient soudoyer aussi bien le juge que certains jurés. J'ai secoué la tête afin d'en chasser toutes les mauvaises idées et…

C'est à ce moment-là que j'ai senti une main se poser sur mon bras et me retenir fermement. Je me suis retournée d'un geste pour tomber nez à nez avec ce regard impossible à oublier. Franck… Il m'a fallu un instant pour reprendre ma respiration et encore un instant supplémentaire pour réaliser que ce n'était pas Franck mais son cousin.

— Je vous ai fait peur ? Pardonnez-moi, je voulais juste vous éviter un accident…

Je n'ai pas pu répondre tout de suite tant j'étais surprise et je l'ai fixé un petit moment avant de regarder vers l'arrière et de voir la route ainsi que la circulation intense. Bart tirait toujours sur sa laisse tout en grognant en même temps alors que l'homme avait toujours la main sur mon bras. Je me suis écarté un peu alors qu'il me demandait si ça allait bien. J'aurais voulu lui répondre que non, ça n'allait pas, que je me perdais dans mes pensées au point de manquer de traverser la route sans regarder, entraînant Bart avec moi sous les roues du premier véhicule venu, mais je suis restée silencieuse. Que dire alors que c'est sa famille qui m'effraie ?

Il approche sa main sans doute dans un geste qui se veut apaisant mais je fais non de la tête et il s'arrête.

— Je comprends qu'au vu de la situation actuelle, vous soyez méfiante vis-à-vis de moi, mais je devrais vous remercier vous savez. J'adore mon cousin mais, grâce à vous, je vais être à la tête des affaires de la famille maintenant. Son emprisonnement est une bénédiction en ce qui me concerne. Alors mademoiselle, n'ayez aucune crainte. Je suis désolé, je ne voulais pas vous aborder de cette façon mais quand je vous ai vu si distraite avec cette route si proche… J'ai fait ce que je pensais juste.

— Heu... Oui, merci… Désolée, je dois rentrer…

J'ai filé à toute vitesse en regardant cette fois avant de traverser que la route soit bien libre. La vitesse de ma fuite n'a pas dérangé Bart qui, je l'ai bien vu, n'appréciait pas particulièrement Antonio. Une fois la route traversée, j'ai jeté un rapide coup d'œil en arrière, il me fixait toujours. Des frissons, qui n'avaient rien à voir avec le plaisir, m'ont parcouru. J'ai accéléré le pas et je suis entrée dans une boulangerie pour reprendre mon souffle et laisser mon cœur se calmer un peu. Bien sûr, j'ai eu droit à un regard noir, les chiens ne sont pas admis, j'ai donné une pièce et demandé un pain, ce qui a calmé la vendeuse le temps de me servir.

En sortant, je ne pouvais arrêter de regarder comme une folle de droite à gauche. Ce n'était pas un hasard s'il s'était trouvé là. Bon, je dois reconnaitre que c'était bien qu'il m'ait retenu sans quoi, qui sait ce qui serait arrivé. C'était amusant de penser que c'était aussi comme ça que j'avais fait la connaissance de Mac. Un autre frisson m'a parcouru à ce moment-là. Non, c'était totalement différent, Mac avait vraiment voulu me sauver alors qu'elle ne me connaissait pas, lui m'avait certainement suivi depuis le début pour je ne sais quoi. Bon une leçon à retenir en tout cas, c'est que moi et les routes, ça ne le faisait pas et que je devrais faire plus attention. Je ne connaissais pas Antonio, mais le détecteur de Bart s'était enclenché et ce n'était pas bon signe.

Même si je n'avais pas besoin de ça pour me dire de fuir loin de cet homme, ça me réconfortait dans mon idée.

Je suis rentrée et j'ai mis de la musique tout en préparant le repas. Des crêpes pour le lendemain matin, quelques gaufres pour plus tard également, cuisiner me changeait les idées. Je me suis ensuite attaquée au nettoyage de la cuisine afin de rester occupée et de ne pas penser. C'était bien la première fois de ma vie que je faisais les carrelages avec une ancienne brosse à dent. Oui, tout était bon pour prendre le plus de temps possible, je m'attardais sur la moindre tâche.

Enfin, Mac est arrivée et, quelle ne fut pas sa surprise en entrant de trouver une Ambre à quatre pattes au milieu de la cuisine, brosse à dent en main…
Évidemment, elle a éclaté de rire.

— Qu'est-ce qui te prend ?

Ce fut sa première question puis, comme je restais immobile, elle s'est approchée et m'a enlevé la brosse des mains. Alors, elle a vu les crêpes, les gaufres, la marmite. Elle a soulevé le couvercle pour trouver le bœuf bourguignon que j'avais préparé. Alors elle comprit que quelque chose ne tournait pas rond. Elle n'allait plus me lâcher tant que je ne lui parlerai pas.

Elle me fit signe de venir dans le fauteuil.

— Dans cette tenue toute sale ?
— Non, va prendre une douche d'abord.

En revenant au salon, propre comme un sou neuf, j'ai commencé à jouer avec une mèche de mes cheveux en revenant au salon, peut-être qu'en la jouant coquine, j'éviterai l'interrogatoire ?

Je l'ai trouvée une crêpe à la main. Je me suis approchée, me suis penchée sur ses lèvres et ai léché le chocolat au coin de sa bouche. Elle a posé sa crêpe aussitôt pour m'embrasser passionnément.

— Délicieux.
— La crêpe au chocolat ou moi ?
— Le mélange des deux me plaît beaucoup je dois dire mais… Tu ne vas pas t'en tirer comme ça Ambre, il faut que nous parlions.

Raté, je n'avais plus d'autre choix. J'ai poussé un long soupir et lui ai avoué avoir vu Antonio.

— Il m'a retenu alors que j'allais me faire renverser. J'ai failli traverser sans faire attention, j'étais perdue dans mes pensées concernant l'audience. Il a été plutôt correct et m'a remercié parce qu'il allait sûrement prendre la place de Franck maintenant dans la succession de la famille.
— Il ne t'a pas menacée ?
— Non, comme je t'ai dit, il m'a empêché de traverser c'est tout. Mais il me suit, c'est évident.
— Oui, tu as raison, il te suit certainement, tout comme ils me suivent aussi. Tant qu'ils ne seront pas sûrs que nous ne soyons plus un danger pour leur famille, ils vont nous espionner. Il n'a rien dit ou fait de plus ?
— Non, rien.
— Dans ce cas, ne t'inquiète pas.

Alors elle était sous surveillance aussi. Je ne savais plus si je devais me sentir rassurée ou au contraire être inquiète pour nous. Mac semblait sereine, pas du tout inquiète, au contraire, elle est alors partie terminer sa crêpe.

Peut-être que cet Antonio n'était pas si dangereux, ou du moins, pas autant que Franck. Quoi qu'il en soit, tout ça ne me rassurait pas, entre l'audience et la famille de Franck, rien ne pouvait me rassurer, rien à part Mac.

Sa crêpe finie, elle se jetait déjà sur les gaufres. Je souris encore aujourd'hui quand je me souviens avec quelle vitesse je l'ai vu engloutir une seconde gaufre. Elle avait même failli s'étouffer quand on a frappé à la porte. Le temps de lui donner un verre d'eau et j'ai ouvert. C'était Lorie et Stephen. Elle m'a sauté au cou comme à son habitude, il y a des choses qui ne changeront jamais. Stephen est entré à son tour et a déposé au sol un sac bien rempli. Je l'ai questionné du regard mais il m'a renvoyé vers ma meilleure amie, pour qui je n'existais déjà plus quand elle a aperçu ce qu'il y avait sur la table.

— NON ! Tu en as fait et tu ne m'as rien dit. Ambre, c'est mon péché mignon… Après Stephen, évidemment, mais c'est totalement différent.
— Je confirme, Stephen on te le laisse, mais les gaufres c'est une autre histoire.

a phrase de Mac fit sourire tout le monde.

J'ai donc invité notre petit couple pour le déjeuner, de toute façon, j'en avais fait bien assez pour nous tous et je savais que Lorie n'était pas venue juste pour cinq minutes. Avec elle, on en a toujours pour une après-midi minimum…

Surtout s'il y a des gaufres…

Tout en mettant la table, Lorie m'a demandé si j'allais bien, j'ai répondu que oui même si je savais que si elle posait la question c'était sans doute qu'elle avait remarqué que ce n'était pas vraiment le cas. On a profité du repas tout en parlant de tout et de rien et, une fois la table débarrassée, elle m'a montré son téléphone. Sur l'écran, des sites s'affichaient, sur lesquels on pouvait voir de nombreuses photos de Mac et moi, seules ou ensemble, dans la rue ou dans les magasins. Notre vie s'étalait aux yeux de tous. On nous voyait nous embrasser. Hélas, on n'y pouvait rien, c'était leur boulot, et ils n'étaient pas venus nous harceler chez nous, c'était déjà ça. Une fois l'affaire jugée ils trouveraient d'autres personnes plus importantes à photographier. Le soufflé retomberait et nous serions à nouveaux deux anonymes au milieu de la foule, du moins je l'espérais.

Chapitre 3

Téléphone rangé, place aux réjouissances comme dirait Lorie. En voyant la tête de Stephen, je me suis dit qu'il y avait une embrouille à venir. Lorie a récupéré le sac au sol et l'a posé sur la table, son visage s'est éclairé alors qu'elle en sortait le contenu et j'ai compris que le piège se refermait sur nous, des catalogues, des bouts de tissus, tous les préparatifs du mariage. Elle était à fond dans son truc. Elle a plaqué un magazine sur la poitrine de Mac qui l'a pris bien malgré elle tout en faisant une tête étrange.

— Qu'est-ce que tu veux que je fasse avec ça, princesse ?
— Toi, tu regardes les emballages pour les dragées, j'ai déjà entouré ce qui me plaît. Tu fais un tri, il y a des numéros, tu me dis ce que tu penses être bien pour le mariage.
— T'es sérieuse ? Ce sont juste des dragées tu sais, elles vont finir dans notre ventre, donc la boîte, tu...

Elle s'est arrêtée de parler. Personne ne peut résister aux yeux de biche de Lorie, surtout quand elle combine ça avec la moue du Chat Potté de Shrek.

Imparable…

J'ai dû me retenir de rire. Pauvre Mac, elle qui n'est pas trop mariage, la voilà au cœur des préparatifs. Si vous aviez vu la tête de Lorie quand Mac a lancé tout de suite qu'elle ne comptait pas se mettre en robe rose ou en quelque tenue de demoiselle étrange qu'allait choisir Lorie…

Elles sont vraiment dans deux mondes différents, la rebelle et la princesse…

Ensuite Lorie m'a regardé, l'air hésitant.

— On commence par les robes ou les tables ? Ou peut-être la déco ?

J'ai compris à ce moment-là qu'on allait en avoir pour la journée. Stephen a rigolé dans son coin en nous voyant désemparées. J'ai voulu attirer l'attention de Lorie sur le futur marié.

— Non mais attend Lorie, je pense qu'il a son mot à dire aussi lui…

Et voilà comment on fait paniquer un homme. Stephen a fait alors de grands signes de la main que non mais j'ai fait alors le tour de la table et l'ai obligé à s'installer avec nous en lui rappelant bien que c'était aussi son mariage...

— Je fais entièrement confiance à ma future femme et à ses amies pour tout ça, tu sais.
— Ça, c'est juste une excuse pour te défiler. Tu ne t'en sortiras pas comme ça, c'est trop facile. Ambre et Lorie n'ont pas tort, tu devrais nous aider. Sinon, je me mets en grève de mariage moi aussi... Ah mais ce n'est pas une si mauvaise idée en fait. Stephen, tu as raison, vu que ce n'est pas notre truc, on peut vous laissez et...

On a alors crié un grand NON en chœurs avec ma meilleure amie et finalement, on s'est tous mis à rire. Stephen a finalement pris le catalogue des tissus pour les chemins de table et les dossiers des chaises et nous a rejoint.

Le thème était clair pour Lorie, elle voulait que ça soit raffiné, argenté, festif et amusant. Oui, c'était très clair, n'est-ce pas ?

Bon, on avait déjà une base de recherche, la couleur argentée. J'ai pris le catalogue des robes et je suis restée scotchée sur plusieurs modèles. Je n'étais pas la seule au vu des yeux que faisait Mac.

— Waouh ! Les mannequins de ton magazine sont… Comment le dire pour que tu ne m'arraches pas les yeux ? Jolies ? Non, belles ? Non, à couper le souffle ?

Oui, oui, j'avoue, ces femmes étaient vraiment très belles. Je n'aurais jamais pensé regarder les femmes des magazines de cette manière mais depuis Mac, j'avoue que beaucoup de choses ont changé pour moi. Mais c'est Mac que je veux près de moi et pas d'autres femmes. Et elle, que veut-elle ?

Vu son regard sur les photos, j'avoue que je me suis mise à douter. Après tout, depuis le début, elle a toujours dit qu'elle n'était pas du genre à se caser. Bon en même temps, elle ne pouvait pas à l'époque avec Franck à ses trousses. Alors qu'en est-il aujourd'hui que les choses ont changées ?

Lorie m'a vu perdue dans mes pensées et a agité une main devant mon visage.

— J'espère au moins que tu rêvais de moi et pas de ces mannequins. dit Mac.
— Je pensais juste que les choses, moi, j'étais vraiment différente avant notre rencontre… Désolée… Mais ne

t'inquiète pas, la seule que je veux dans mon lit, c'est toi Mac.

Elle m'a regardée avec une lueur dans les iris, cette lueur qui dit clairement qu'elle avait envie de moi. Je me suis mordu la lèvre et elle a posée son pouce dessus délicatement. Alors, toujours en la fixant, j'ai posé un baiser sur celui-ci. Stephen a compris nos sous-entendus et s'est raclé la gorge tout en nous demandant si nous voulions un peu d'intimité. On s'est reprise en souriant et on est retournée à nos magazines. J'avoue qu'à cet instant l'idée de faire l'amour avec Mac sur la table, au milieu de toutes ces images, ne m'a pas quitté…

C'est là que je suis tombée sur cette robe, argenté, dos nu attaché simplement au niveau de la nuque par une petite chaîne, ni trop longue, ni trop courte, juste au-dessus des genoux…

Elle était tout simplement magnifique.

J'ai tourné le magazine vers Lorie et ses yeux se sont mis à briller. Plus besoin de chercher, c'était la robe des demoiselles d'honneur et pas une autre. Mac a tenu bon de préciser de ne pas la compter dans le lot. Lorie a levé les yeux au ciel mais a accepté à condition que Mac reste tout de même dans le thème choisit. J'ai continué à feuilleter les pages et au bout d'un moment, j'ai fini par tourner le livre en direction de Mac cette fois. Une combinaison bustier noire avec quelques touches argentées notamment la ceinture. Ma chérie a validé mon choix et Lorie a eu l'air d'acquiescer aussi.

Si ce moment fringue était plutôt agréable pour les filles, le pauvre Stephen était, lui, complètement perdu, tous les tissus se ressemblaient, à part la couleur. Lorie a dû faire preuve de patience pour lui expliquer la différence entre l'organza, la soie, les tulles coton et bien d'autres. À la fin, même moi j'étais perdue.

Quand Lorie est allée aux toilettes, Stephen m'a demandé de l'aide. Heureusement, je me suis souvenu qu'elle adorait les plumes, j'ai alors eu une idée. J'ai tapé sur mon téléphone et lui ai montré la photo. D'un signe il a approuvé et a vite eu une idée pour rendre le tout un peu plus personnel. Il ne lui restait plus qu'à trouver le chemin de table parfait.
Quand Lorie est revenue, elle s'est arrêtée devant les gaufres. La pause goûter s'imposait. On s'est tous déplacé dans le salon et on a parlait de tout et de rien en savourant ma cuisine. C'est à ce moment-là que quelqu'un a frappé à la porte. Je me suis levée toute souriante et j'ai ouvert. Une minute ou dix, quand Mac a vu que je ne bouge pas, elle s'est avancée près de moi.

— Qu'est-ce que tu viens faire ici toi ?
— Bonjour Mackenzy. Calme-toi, je ne suis pas ici pour vous embêter. Tiens, c'est à toi, je voulais juste te le rendre. Je ne vais pas m'attarder plus longtemps d'autant que je crois que cette jeune demoiselle ne m'apprécie pas vraiment. N'est-ce pas Ambre ?
— Je t'interdis de l'approcher. Tu m'as compris Antonio.
— J'ai compris, mais je crains de ne pouvoir répondre à ta requête, on sera tous dans le même tribunal bientôt tu sais.
— Le même tribunal, ça ne veut pas dire que vous devez nous approcher. Je préfère qu'on garde nos distances avec votre famille. Sur ce, au revoir.

J'ai fermé la porte tout en lançant ce dernier mot. Quel style. Franchement, je n'en menais pas large et c'est bien la seule phrase que j'ai pu dire. Pourquoi était-il venu ?
Voulait-il me montrer qu'il savait où je vivais ?
Où était-ce juste pour gâcher ce moment agréable que nous passions entre amis ?

Mac a posé une main sur mon épaule et j'ai sursauté à son contact. Quand je me suis tournée vers elle, j'ai foncé dans ses bras. J'avais besoin d'elle et elle a senti ma peur. Alors elle m'a serré fort contre elle, puis elle a posé son front contre le mien. C'est notre petit truc, notre connexion à nous.

— Il ne te fera rien, je suis là.

Puis elle m'a embrassée. Quand j'ai enfin repris mon souffle et mes esprits je lui ai demandé si elle savait pourquoi il était venu. Elle a regardé le sac qu'il avait posé dans l'entrée. En voyant sa grimace, j'ai compris que la suite n'allait pas me plaire. Lorie et Stephen se sont rapprochés de nous alors que Mac a ouvert le sac.

Pas de tête coupée, ni aucun autre truc sanglant ou dégoutant, juste des vêtements.

Mac les a sortis un par un en précisant que c'était bien les siens, ceux qu'elle avait quand elle vivait avec Franck. Elle s'est soudain arrêtée, hésitant à continuer. J'ai alors attrapé le sac et en ai sorti les objets, une enveloppe, un cadre et un couteau à cran d'arrêt que j'ai lâché aussitôt. J'aie levé la tête vers Mac en lui demandant si elle croyait que ça pouvait être un piège. Je venais de déposer mes empreintes sur une arme.

— Et si elle avait servit pour un crime quelconque ?

Mac a ramassé le couteau et l'a regardé un moment avant de me répondre par la négative. Elle a continué un moment à jouer avec la lame avec un air rêveuse que je ne lui connaissais pas encore.

J'ai attrapé le cadre et l'ai retourné avant de le reposer au loin. Je n'avais pas envie de voir Franck et Mac en amoureux.

Il ne restait que l'enveloppe. C'est Lorie qui s'en est saisie et qui l'a ouverte. Elle contenait plusieurs photos ainsi qu'un petit sachet de drogue. Oui, même si on ne l'a pas ouverte, je me doutais bien que ce n'était pas de la farine. Mac l'a pris et s'est dirigée vers les toilettes pour le jeter. Je ne sais pas pourquoi mais, à ce moment-là, je lui ai couru après pour l'empêcher de le faire. Oui je sais, garder de la drogue chez nous, c'était dingue d'autant qu'avant toute cette histoire j'aurai refusé d'approcher de ce machin, mais maintenant...

Mauvaise idée, oui, je savais, mais quelque chose me poussait à garder ce sachet. Mac a soupiré puis elle s'est approchée de moi et, alors que je pensais qu'elle allait m'embrasser, elle a fait glisser le sachet dans mon soutien-gorge et m'a dit de faire attention avec ça.

Alors que je retournais près des autres, Mac était déjà en train de tout ranger. J'ai demandé à Lorie ce qu'elle avait vu sur les photos mais elle a grimacé sans me répondre. Des photos de

Franck avec Mac sans doute, elle voulait me les cacher pour éviter une crise de jalousie j'imagine. Une petite voix me disait que je devais voir, je devais en savoir plus.

Devant l'air agacé de Mac, je n'ai pas osé et j'ai gardé mes doutes pour moi. Mac a alors ouvert la porte et elle est sortie pour remonter quelques minutes plus tard sans le sac. Elle l'avait jeté directement dans la poubelle du bas. Enfin pas tout puisqu'il restait encore l'enveloppe avec les photos et le cadre… Et le couteau avec lequel Mac jouait toujours.

— Bon, on retourne aux préparatifs du mariage ?
— Mac tu vas faire quoi de ça ?
— Le couteau ? Il est à moi, comme tout le reste…

J'avais pris l'enveloppe et le cadre et elle me les a pratiquement arrachés des mains en disant ça. Ok, c'était moi ou ce n'était pas claire cette histoire ?

Vu le changement d'ambiance soudain, Stephen a fait signe à Lorie qu'ils devaient nous laisser. Mon amie ne voulait pas nous laisser dans cet état mais un sourire de ma part l'a convaincu de suivre son futur mari.

On était enfin seules toutes les deux. Il y eut un long silence que je fini par briser.

— Mac, que me caches-tu ? J'ai vu le cadre, tu sais. Tout ça, c'est ton passé, je ne vais pas piquer une crise de jalousie.
— Ça serait bien mieux si tu pouvais éviter de voir le reste, crois-moi.
— Pourquoi ? Tout ça c'est derrière toi, ça ne compte plus. Alors montre-moi.

J'ai tendu la main vers elle et elle m'a donné l'enveloppe et s'est retournée afin que je ne la voie pas. Impossible de ne pas penser au pire alors que je sortais les photos pour les observer. Sur les premières images, on voyait bien que Mac était complètement droguée. Sur la plupart, elle était dénudée. Sur certaines, elle se tenait avec Franck dans des positions qui ne laissaient aucun doute sur la nature de leurs relations et sur ce qu'ils étaient en train de faire. J'avais beau me répéter que c'était du passé je ne pouvais m'empêcher de serrer les dents. Sur cette photo, on pouvait voir Franck dormir alors que Mac tenait une arme et la visait. Sur la photographie suivante, Mac s'est rapprochée et tiens l'arme contre la nuque de Franck tout en souriant à l'objectif.

— Tu aurais pu le tuer à ce moment-là, pourquoi tu ne l'as pas fait ? Mais au fait, qui tient l'appareil Mac ?

Pas de réponse de sa part, elle s'est contentée de se tenir là en serrant davantage les poings. Comme j'ai insisté, elle a fini par me dire de regarder les dernières photos. Mac y embrassait un homme sur la première, impossible de voir de qui il s'agissait, mais une chose était sûre, il ne s'agissait pas de Franck. La réponse était sur la photo suivante. Mac nue, endormie dans les bras de…
Antonio.

Le mystère du photographe était résolu. Mais un nouveau mystère venait d'apparaitre. Que faisaient-ils… Non, ça, c'était plutôt évident vu la photo. Mais pourquoi était-elle avec lui ?
Pourquoi me l'avoir caché ?
C'était du sérieux ou pas ?
Je devais comprendre quoi ?
Le doute s'installait en moi, est-ce que Mac m'aimait vraiment ?
Où n'étais-je qu'une de ses conquêtes, un trophée de plus dans son lit ?

J'attendais des réponses qui ne venaient pas. Mac a alors pris sa veste et est sortie de l'appartement. Bart a aboyé lorsque la porte a claqué. Depuis quand Bart aboyait-il après Mac ?
Qu'est-ce que ça voulait dire ?
Et Antonio qui était venu jusqu'ici, quel était son but ?
Voulait-il que je découvre tout ça ?
Pourquoi ?
Est-ce qu'il aimait toujours Mac ?
Oui, sûrement, qui ne l'aimerait pas ?

Il avait gardé toutes ses affaires. Et là, ça a fait tilt dans ma tête. Il avait gardé ses affaires, ses photos, tout ça à l'intérieur de ce sac, un sac bien précis, un sac caché même à la vue de Franck...

À mon tour, je suis descendu voir les poubelles. Elles étaient vides, enfin pas vraiment, mais il n'y avait aucune trace du fameux sac. Ni dans nos poubelles, ni dans celles des voisins. Quelque chose cochait vraiment dans toute cette histoire. Mac n'était pas descendue longtemps, si elle ne les avait pas mis dans la poubelle alors où ?
Antonio, il l'attendait peut-être et il aurait repris le sac ?

Antonio et Mac, ensembles dans cette chambre, ensembles pour menacer Franck. Elle n'avait pas l'air d'être droguée sur la photo où ils s'envoyaient en l'air...

Antonio m'a remercié tout à l'heure mais, je commençais à douter que ce fut seulement pour l'avoir débarrassé de son rival et lui avoir permis de prendre la tête des affaires familiales.
Et si c'était parce que maintenant il était libre de récupérer Mac ?
Et si tout ça n'avait été qu'une mise en scène en fin de compte ?
Est-ce que Mac et lui s'était joué de moi ?

Trouver le bon pantin pour faire tomber Franck et ensuite retrouver son amant ?

Mac m'avait dit que je ne craignais rien, elle n'était absolument pas inquiète par Franck ou sa famille, ça pouvait s'expliquer si finalement elle était avec Antonio…
Non, ce n'était pas possible…

Voilà à peu près les questions qui me passaient par la tête à ce moment précis. C'est alors que je me suis dit que je devais appeler Carlos.

— Allô Carlos ? Désolé de te déranger, dis-moi, tu pourrais te renseigner sur une personne pour moi ? Heu ! Non, non, je n'ai pas d'ennuis. Je voudrais juste être sûre… S'il te plaît, je sais tu n'as pas le droit de faire ça sans une bonne raison, mais… Ok, d'accord, je comprends… Non, ne t'inquiète pas, ce n'est pas si important. Je dois arrêter de me méfier de tout le monde. Bonne soirée. Bisous à Annie.

Même si son statut avait changé, je ne pouvais pas l'obliger à se mettre dans les embrouilles pour moi.
Je ne voulais pas qu'il se retrouve dans le collimateur de la famille de Franck. Je devais réfléchir davantage avant d'agir.
Peut-être que je devais parler avec Mac de tout ça, lui exprimer mes doutes ?
Je n'aimais pas ce que je ressentais à ce moment-là. Et Mac ?
Où était-elle partie ?
Pourquoi ?
Pour le retrouver ?
Il avait peut-être réservé une chambre à l'hôtel non loin et ils étaient déjà en train de...

****

Je soupire alors que j'écris ses mots, je me souviens parfaitement de mon état d'esprit ce soir-là, je ne savais plus quoi penser et c'était dur, vraiment dur de se dire que celle qu'on aime se jouait peut-être de vous, dur de penser que celle qui avait su vous montrer telle que vous étiez sans honte pouvait vous trahir…

****

Je me suis mise à pleurer, j'avais peur que mes doutes ne soient fondés, j'avais peur qu'elle rentre et me dise que tout était fini et qu'elle retournait dans ses bras, j'avais peur de les trouver un jour dans le même lit…
Que faire quand les doutes s'insinuent aussi profondément en vous ?

Si je lui en parlais et que c'était bien leur plan, alors je deviendrais un danger pour leur couple, un danger pour leur avenir. S'ils avaient vraiment tout planifié, rien ne les arrêterait. En y repensant, le père de Franck avait bien dit à l'inspecteur que son fils s'était fait manipuler, peut-être que tout ceci n'était finalement qu'un piège et que j'étais tombée dedans.
Mes sanglots ont repris de plus belle, mon cœur me faisait mal. Encore un chagrin d'amour ?

Non, pas encore. Je devais me reprendre et trouver le fin mot de cette histoire. Je me suis passé un peu d'eau sur la figure, j'ai rangé les magazines sur la table, les gaufres et les crêpes au frigo et j'ai pris mon téléphone pour taper un texto.

*« Mac, tu es partie sans dire un mot, que dois-je comprendre ?
Parle-moi, s'il te plaît ».*

Message envoyé. Allait-elle répondre tout de suite où se trouvait-elle dans les bras de Antonio ?
Un autre scénario venait de naître dans mon esprit. Mac n'allait-elle pas jouer encore un moment avec moi le rôle de la parfaite petite amie afin de récupérer l'argent de la dernière transaction de Franck que je gardais caché ?

Elle attendait peut-être que je débloque le tout pour filer ensuite avec Antonio. Peut-être même avaient-ils prévu de me tuer…

J'ai secoué la tête, je devenais vraiment dingue, Mac ne ferait jamais ça. Ma Mac ne ferait pas une chose pareille, elle m'aimait, je ne devais pas, je ne pouvais pas, douter d'elle sans avoir de preuve…

Je me suis donné une gifle, je la méritais vraiment, je ne devrais pas permettre à quiconque de mettre le doute entre nous, encore moins quand ce quiconque c'était moi.
Le vrai problème c'était Franck, on devait être soudées jusqu'à son emprisonnement, ensuite alors on verrait bien s'il y avait un souci avec cet Antonio…

Je me suis assise dans le fauteuil, téléphone portable en main et j'ai attendu. Le temps semblait couler au ralenti.

Pourquoi fallait-il que je flippe inutilement comme ça ?

Finalement, la petite sonnerie annonçant la réception d'un texto m'a surpris. Quelle idiote me direz-vous, je n'attendais que ça et finalement je me retrouvais à être surprise. Bon au moins, la rapidité de sa réponse prouvait qu'elle n'était pas dans son lit… Ou alors ils avaient été super rapide. Antonio serait-il le genre de mec qui ne pense qu'à son plaisir personnel ? Je rigolais en y pensant.

« J'avais besoin de prendre l'air, je vais rentrer ne t'inquiète pas ».

Ce simple message ne suffisait pas à me rassurer. Où était-elle ?
Avec qui ?
Quand allait-elle rentrer ?
Oui, j'étais devenue jalouse et possessive depuis que j'avais vu cette photo de ma chérie en compagnie d'Antonio, et la situation actuelle ne faisait qu'aggraver les choses. Alors, qu'ai-je fait ?
J'ai écrit :

« Mac, dis-moi où tu es ?

J'ai l'impression qu'il y a un fossé entre nous là, j'ai besoin de comprendre certaines choses.
S'il te plaît rentre ou alors dis-moi où te rejoindre ».

- - -

« Laisse-moi réfléchir à certaines choses avant.
Je vais rentrer, ne t'en fais pas ».

- - -

Que répondre à ça ?

Je ne pouvais pas la forcer et en même temps, je ne pouvais pas penser à autre chose. Elle me cachait des trucs et ça ne faisait que renforcer mes craintes et mes doutes.

Les minutes ont continuées à défiler puis les heures et j'ai fini par m'endormir…

Chapitre 4

Le bruit de la porte d'entrée m'a réveillé, j'étais un peu perdu, comment avais-je réussi à m'endormir comme ça alors que ma tête bouillonnait de mille et une questions ?

J'ai levé la tête pour voir Mac refermer la porte derrière elle. Elle a laissée l'appartement dans le noir et, seul Bart faisait un peu de bruit avec son collier quand il a relevé son museau pour la regarder.

— Tu es un bon chien Bart, mais tu ne réagis pas assez vite. Il va falloir revoir ta façon de monter la garde.

Mac a enlevé sa veste et l'a posée sur le crochet de l'entrée. Elle a donné une caresse à Bart qui n'a pas aboyé, puis elle a continué de se déplacer sur la pointe des pieds. Cachée dans l'ombre, je ne pouvais m'empêcher de sourire en la voyant faire. Mac a allumé la lumière de la cuisine et s'est versé un verre d'eau qu'elle a avalé cul sec. Je me suis alors levée et me suis approchée d'elle. Elle a poussé un long soupir en me voyant, comprenant qu'elle ne pourrait pas échapper plus longtemps à une explication. Je voyais que ça la gênait, le silence s'était à nouveau installait entre nous et je n'aimais pas ça. Mais qui de nous deux devait parler en premier ?

Vu qu'elle est sortie, sa réaction justifiait qu'elle s'explique en premier, non ?

À moins que mes questions et mes doutes, méritent la priorité ?

Ce n'était pas le genre de Mac de fuir ainsi devant une discussion, sa vie n'était pas en jeu-là, du moins je l'espérais. Sa façon d'agir venait de faire naître une nouvelle idée et une nouvelle crainte dans mon esprit.

Et si Antonio la faisait chanter ?

— Ambre je suis désolée, tu dois te dire que je n'étais pas réglo à te cacher tout ça… Et tu n'as sans doute pas tort. J'ai eu une aventure avec Antonio… Mais c'est fini, c'est du passé, ok ? Aujourd'hui, je suis avec toi, c'est tout ce qui compte.

— Franck, Antonio, la servante de Franck… Je suppose que ce ne sont pas les seuls… Tu me dis que c'est du passé, ok, je veux bien te croire, mais pourquoi cette réaction ? Tu m'as laissée seule ici, avec mes doutes et mes angoisses Mac. J'attends un peu plus de ta part que juste : c'est du passé.

— J'étais avec Franck, je pensais être amoureuse, du moins au début, mais ce n'était pas le cas, c'était juste un moyen pour moi de ne manquer de rien. Oui, je l'ai utilisé d'une certaine façon. Puis j'ai rencontré Antonio et on a rapidement fini dans le même lit. Ce n'était pas vraiment de l'amour entre nous. Antonio a toujours été jaloux de son cousin et il voulait simplement ce que Franck convoitait, moi. Antonio est toujours passé en second plan pour sa famille, oh, il adore son cousin, ils sont très liés mais il ne peut s'empêcher de désirer tout ce qu'avait Franck… Les photos que tu as vues, c'était pour s'amuser, l'arme n'était pas chargée tu sais, je ne suis pas dingue Ambre.

— Donc Antonio et toi, ce n'était rien de sérieux ? En fait, si je résume, ce n'était pas sérieux avec Franck, ce n'était pas sérieux avec Antonio, en fait ce n'est sérieux avec personne, c'est bien ça ? Et cette histoire de sac ? Il était prêt chez Antonio, il savait donc que tu voulais partir, non ?

— L'enveloppe n'était pas dans ce sac. Je lui avais juste demandé de garder certaines de mes affaires. Je ne pensais pas qu'il les garderait aussi longtemps et qu'il garderait aussi ces foutus photos. Antonio et moi, c'était juste comme ça, c'est tout, rien de sérieux, jurée.

Avait-elle réfléchi à toutes ses réponses avant de rentrer ?
Me disait-elle la vérité ?

J'avais vraiment envie de la croire. Elle aurait pu fuir une fois Franck piégé, mais elle était encore là avec moi. Non, elle ne me mentait pas...
Et si c'était le cas ?

Alors autant que je profite de chaque instant avec elle, seul le présent comptait, non ?

Peu importait si elle devait fuir avec lui plus tard du moment qu'elle était avec à cet instant. Et puis, peut-être qu'elle resterait, après tout, elle était là pour me soutenir durant tout le procès. Je devais vraiment envoyer mes doutes à la poubelle et apprendre à profiter de l'instant...
La poubelle...

Je l'avais oublié celle-là. Je me suis retournée pour interroger Mac. Elle se tenait toute proche de moi, je sursaute de surprise alors qu'elle pose ses lèvres sur les miennes. Ses mains encadrent mon visage. Je n'avais pas senti cette larme glisser sur ma joue, mais elle l'a récupéré du bout de la langue, avant de poser son front contre le mien.

— Ambre, c'est toi et moi, tu es celle qui m'a redonné goût à la vie, tu comptes beaucoup trop à mes yeux pour que je laisse qui que ce soit te faire du mal.

Je laissais un petit sanglot s'échappait de mes lèvres, puis un sourire apparu sur mon visage et je la serrais fort contre moi, comment avais-je pu penser qu'elle pouvait me trahir ?

Elle m'a demandé pardon et j'ai alors posé mon doigt sur sa bouche, après tout, je devais aussi me faire pardonner pour tous mes doutes inutiles…

Mac a remarqué alors que j'avais tout rangé et m'a demandé si j'avais fini toutes les crêpes. Impossible de ne pas éclater de rire.

Je l'ai tirée vers moi et j'ai pris le plat tout en l'installant sur une chaise. J'ai sortie le chocolat, la confiture et le miel des placards...

Pendant qu'elle mettait une couche de chocolat sur sa crêpe, j'ai enlevé mon haut ainsi que mon pantalon. Mac m'a demandé une serviette, évidemment, j'ai tardé à lui donner, l'obligeant ainsi à se tourner vers moi. Je crois bien qu'elle a failli renverser la table en me voyant ainsi, nue devant elle. Je me suis avancée et me suis assise sur ses cuisses. J'ai passé les bras autour de son cou et j'ai trempé un doigt dans le chocolat. J'ai passé mon doigt sur ses lèvres, puis j'ai dévoré ce maquillage improvisé. Elle a alors pris le pot et a étalé un peu de la substance sur ses seins tout en me regardant droit dans les yeux.

— Je crois qu'il va falloir acheter plus de chocolat la prochaine fois.
— On peut tout essayer tu sais, il parait que la chantilly c'est plutôt chouette aussi. Alors, tu comptes laisser ce chocolat sur moi comme ça ou bien...

Mac n'a pas attendu la fin de ma phrase, sa langue s'est posée sur mon téton droit pour le lécher lentement, puis elle a reproduit la même chose sur le gauche. Une de ses mains s'est positionnée en coupe sous mon sein pour le relever plus encore tandis que son autre main s'est glissée le long de mon dos jusqu'à mes fesses. Elle a caressé un moment la courbe avant de poursuivre sa route jusqu'à ma vulve. Je n'ai pu retenir un petit gémissement lui prouvant ainsi que j'aimais ça. Ses doigts se sont appropriés mon corps et j'étais toute entière offerte à ses caresses.

Sa langue s'est mise à parcourir mes seins, léchant la moindre parcelle de chocolat et j'ai rejeté la tête en arrière pour apprécier davantage les mouvements de ses doigts sur les lèvres de mon sexe déjà humide. Mac m'a alors attrapé par la nuque et a attiré mon visage vers elle, nos lèvres se sont trouvées et nos langues se sont jointes pour danser un moment. La chaleur montait rapidement en moi. Ma respiration s'est accélérée…

Je me suis alors levée sous son regard surpris et l'ai incité à se mettre debout. Elle s'est exécutée et j'ai fait le tour pour me placer dans son dos. Mes lèvres ont effleuré sa nuque et mes mains se sont faufilées sous son tee-shirt à l'effigie du groupe Métallica. J'ai pris ses seins et les ai massés tout en effleurant sa peau de mes lèvres. Tandis que ma sénestre continuait de jouer sur son sein, ma dextre s'est activée sur son pantalon en faux cuir. J'ai dû m'accroupir devant mon amante afin de descendre totalement son pantalon. Elle a retirée ses baskets en s'aidant avec ses pieds et a soulevé une jambe, puis l'autre, pour m'aider à la déshabiller. Mes mains ont glissés le long de ses jambes nues et j'ai agrippé ses fesses, je les ai embrassées avant de remonter dans son dos, la situation était trop tentante aussi je lui ai donné une petite claque, plus bruyante que douloureuse, mais, voir son croupion rougir m'a plu. Elle aussi y a pris du plaisir car elle a tourné son visage vers moi pour me lancer un sourire plein de promesses. J'en ai profité pour prendre d'assaut ses lèvres et l'ai mordu doucement. Je me suis glissée face à Mac et l'ai poussée doucement vers la table en lui faisant comprendre que je voulais qu'elle se mette dessus. Ses yeux sont devenus plus brillants, je pouvais y voir son désir. Son corps s'est fait plus chaud. Une fois assise sur le rebord, j'ai poussé l'assiette, le chocolat, mais elle m'a stoppé aussitôt.

— Doucement, on ne doit jamais jeter une crêpe. Surtout si c'est toi qui l'as fait.

J'ai rigolé en la regardant déplacer le tout un peu plus loin alors que mes doigts continuaient de lui chatouiller l'entrecuisse. Elle a dû faire vite car des frissons parcouraient déjà son corps, lui faisant perdre le contrôle de ses mouvements. Je l'ai embrassée avec fougue alors que je glissais mes doigts sur son ventre puis sur son clitoris et je l'ai pénétrée sans ménagement de mon index et mon majeur. Son gémissement était doux à mon oreille, un son dont je ne me lasserai jamais, alors qu'elle ondulait des hanches sous le plaisir que mes doigts lui procuraient. J'ai accéléré les mouvements de mes doigts, je voulais la faire jouir encore et encore mais, de sa main gauche posée sur ma hanche, elle m'a fait basculer à ses côtés sur la table de cuisine. Nous nous sommes embrassées alors que Mac faisait descendre ses doigts entre mes jambes. Nous étions bien là, amoureuses, seins contre seins, nos doigts s'activant l'une dans l'autre.

— Humm ! Tu es toute mouillée, ça me plaît.
— Continue, ne t'arrête pas Mac, c'est bon…

Mac a alors augmenté la vitesse de ses doigts en moi et j'ai fait de même alors que je sentais ses muscles se contracter. Je me suis mise à gémir de plus en plus fort alors que mes jambes tremblaient et que je perdais le contrôle. Enfin, je ne perdais pas tout contrôle non plus, il me fallut certes toute ma volonté et toute ma force, mais je réussi à garder suffisamment de maîtrise pour ne pas stopper mes caresses. Et bientôt Mac se contracta sous mes doigts et je la sentis jouir. Il ne m'en fallut pas davantage pour me laisser emporter à mon tour alors que sous l'orgasme elle enfonçait ses doigts encore plus profondément en moi. Je fermais alors les yeux pour profiter pleinement de cet instant, me laissant porter par les vagues qui se déversaient en moi. Quand j'ai enfin pu ouvrir les yeux c'était pour voir ma merveilleuse amante qui me fixait l'air satisfaite et arborant un merveilleux sourire. Mac m'a donné un baiser sur le front et je me suis collée contre elle, j'étais bien là, dans ses bras, j'entendais les battements de son cœur qui reprenait petit à petit son rythme normal.

— Je suis bien avec toi Ambre
— Moi aussi Mac… En revanche ta crêpe n'a pas dû apprécier de se faire éjecter.

Elle a relevé la tête et a remarqué que son assiette n'était plus là. J'ai levé le bras et lui ai désigné le sol du doigt. Mac a pris son air boudeur puis elle s'est mise à rire avec moi.

— La prochaine fois, je pose ma crêpe sur toi et je vous dévore toutes les deux.
— J'espère que c'est une promesse ?
— Tu deviens de plus en plus coquine toi, tu sais ? Bon, on devrait descendre de cette table quand même…

J'ai rougi à sa remarque, c'était vrai, depuis que j'étais avec elle, je me lâchais davantage, j'étais beaucoup plus sage à l'époque où je sortais avec Scott. On a repris nos vêtements et alors qu'elle ne lâchait pas ma main, elle s'est mise à balancer ma petite culotte sous mes yeux. Je lui ai souri en me tournant un peu afin de balancer mes fesses et lui ai dit que la tenue d'Eve était bien plus agréable. Ce qu'elle m'a confirmé en me donnant une petite claque. Pendant qu'elle prenait une douche, j'ai nettoyé les restes de l'assiette brisée. Quand je suis allé prendre ma douche à mon tour, j'étais souriante même si dans ma tête des questions tournaient encore, je me disais que je devais simplement profiter du moment présent, on avait bien assez de soucis comme ça. Je l'ai rejoint dans le lit où elle s'était déjà endormie. Un petit bisou et je me suis blottit contre elle, il n'en fallu pas plus pour que je m'endorme à mon tour tranquillement.

Au milieu de la nuit je me suis levée en sursaut, de nouveaux cauchemars, ce n'était plus Franck que je voyais nous menacer mais Antonio. Il voulait emmener Mac, je me plaçais entre eux et alors, il faisait feu sur moi. Impossible de me rendormir le rêve tournait en boucle dès que je fermais les yeux. J'avais l'impression que mon cœur allait littéralement sortir de mon corps, je suis allée boire de l'eau afin de me calmer. Ce n'était qu'un cauchemar, un fichu rêve…

J'ai regardé Mac endormie, à ses côtés, je vois le cran d'arrêt posé sur la table de chevet. Je me suis approchée doucement, l'ai pris et l'ai examiné un moment. J'ai enlevé la sécurité et j'ai appuyé sur le bouton. La lame est sortie rapidement, le couteau fonctionné parfaitement, on pouvait voir qu'il était bien entretenu. Mac ne m'en avait jamais parlé mais elle y tenait, c'était évident. Est-ce qu'il y avait un rapport avec Antonio ?

C'est tout de même lui qui lui avait ramené. A quoi devais-je m'attendre finalement ?

Même si on était débarrassé de Franck, j'avais la nette impression que sa famille n'allait pas nous lâcher de sitôt. Étions-nous vraiment libres et en sécurité ?

J'ai fait rentrer la lame et suis retournée au lit. Comment pouvais-je faire tomber toute la famille ?
Que faire pour avoir enfin la paix ?

Mes yeux se sont fermés et les cauchemars ont repris. Antonio embrassait Mac juste devant moi, sans la moindre gêne, il me narguait. J'ai tendu la main vers elle et j'ai crié son prénom mais elle m'a ignorée. Elle se lovait de plus en plus contre lui quand, d'un coup, nous nous sommes tous retrouvés dans une chambre. Franck a ouvert la porte en grand et nous a surpris dans ce début d'ébat. Il m'a regardé fixement avant de foncer sur eux. Ils sont alors tombés tous les trois sur le lit, Franck a commencé à frapper son cousin puis, en rigolant, a fait un geste dans ma direction et je me suis joint à lui. Franck a cogné une nouvelle fois son cousin pendant que je m'installais au-dessus de Mac. Elle m'a souri, je ne savais plus quoi faire, puis elle a pris la main de Franck et l'a posée sur son sein. J'ai écarquillé les yeux, pourquoi faisait-elle ça ?

J'ai senti les larmes qui montaient alors qu'elle me faisait signe de me taire et d'en profiter.

M'amuser ?

Et comment avec ces deux-là à côtés de nous ?

J'ai fait signe que non de la tête et Mac m'a alors soulevé un peu et m'a embrassée. La scène a changée alors et je me suis retrouvée sur le lit, j'ai cherché Mac des yeux mais elle n'était plus sur le lit. Franck, lui, était toujours là, et même bien là, installé au-dessus de moi. J'allais crier quand il a plaqué sa main sur ma bouche. Je me suis débattue quand j'ai vu soudain des flashs. C'était Mac qui prenait des photos. Impossible, je devenais folle, ce n'était pas possible…

J'ai alors entendu Antonio lui demander de lui faire un peu de place. J'ai refusé mais déjà je sentais sa main se poser sur mon corps. J'ai fermé les yeux de toutes mes forces alors que des doigts descendaient de plus en plus vers mon bas ventre. À qui étaient-ils ?

Aucune importance, je voulais juste hurler que ça s'arrête. À force de bouger, je suis parvenue à mordre la main de Franck qui l'a retiré aussitôt. Je me débattais toujours, je voulais fuir mais avec Franck sur moi, je ne pouvais pas bouger, il était bien trop lourd. Incapable de bouger autre chose que mes bras, j'ai frappé droit devant moi en espérant toucher l'un des deux trafiquants.

Rien à faire, mes mouvements n'ont fait que les faire rire davantage. J'ai alors tournée la tête vers Mac qui continuait de prendre des photos. Elle s'est avancée pour se mettre à ma hauteur et de sa main, elle m'a caressé la joue. Je l'ai suppliée du regard mais elle a gardé son sourire tout en me disant que j'étais belle. Mac voyant ma peur, a tourné la tête vers Franck et il a disparu en s'évaporant comme de la fumée, suivi par Antonio. Nous étions à nouveau seules toutes les deux. Elle a déposé un doux baiser sur ma joue puis sur mes lèvres avant de descendre dans mon cou…

Nouvelle éclipse et me voilà nue sur le lit. J'ai senti les lèvres de Mac descendre de plus en plus bas sur mon corps. Cette fois, j'ai fermé les yeux, j'appréciais la caresse. D'un coup, elle a écarté mes jambes, sa rapidité m'a surpris, ce n'était pas dans ses habitudes, mais ça me convenait, mon envie était là, j'ai commencé à gémir doucement. J'ai ouvert les yeux pour voir le visage de mon amante et…

J'ai vu Franck entre mes cuisses. J'ai paniqué, j'ai crié, hurlé, j'ai lancé mes jambes et mes bras en tous sens quand…

Quelqu'un me retenait fermement. J'ai ouvert les yeux pour découvrir une Mac penchée sur moi.

— Hey ! Ça va aller, je suis là, calme-toi.

On était dans notre chambre, tout ça n'était qu'un songe. Ma respiration était complètement erratique, je me suis effondrée et j'ai pleuré dans les bras de ma rebelle qui ne savait pas comment réagir à part en me serrant contre elle et en me caressant doucement le dos. Quand mes sanglots se sont calmés, je me suis assise et Mac a entrelacé nos doigts. De sa main libre, elle a essuyée mes joues remplies de larmes. Je ne parlais pas, elle non plus, je voulais juste me calmer, oublier cette vision de lui entre mes cuisses…

Plusieurs minutes, peut-être même une heure ou deux, se sont écoulées ainsi avant que je ne me relâche.

— Ambre, tu veux en parler ?
— Je... non c'est juste un cauchemar de merde.
— Tu as hurlé mon prénom avant de te débattre comme une dingue. Je me suis même ramassé un coup. Et vu ton état, j'ai du mal à croire qu'il s'agissait juste d'un cauchemar. Je suis là Ambre.

— Je n'ai pas envie d'en parler, je suis désolé Mac. Tu peux te rendormir, je vais bien. On fait tous des cauchemars, ça va maintenant.
— Quand tu seras prête, si tu le souhaites, je serai là. On est censé se lever dans un quart d'heure donc me rendormir, je préfère éviter. Je vais nous préparer un bon café, je crois que ça va nous faire du bien.

J'ai fait oui de la tête en accompagnant mon geste d'un petit sourire. Ce regard tendre ne trompait pas, c'était bien ma Mac qui était avec moi dans cette chambre et pas son clone de mes cauchemars. Elle s'est éclipsée pour préparer le petit déjeuner et une fois seule, je me suis demandé comment j'aurais pu lui dire que j'avais rêvé de ses ex. Que l'un deux se tenait entre mes cuisses et, le pire, c'était qu'au début j'avais vraiment apprécié. Qu'est-ce qui n'allait pas chez moi ?

Même si on n'a aucun contrôle sur ses rêves, je ne voulais rien avoir à faire avec ces deux connards. Je me suis pincé les lèvres quand j'ai senti que mes larmes glissaient doucement, je devais arrêter de pleurer, ce n'était qu'un stupide cauchemar, je ne devais pas me laisser déstabiliser par ça.

Je me suis levée et j'ai rejoint ma belle qui versait justement le café dans deux grandes tasses. Elle avait pensé au reste de gaufres, elle avait mis de la confiture et posé le tout dans un plateau qu'elle comptait m'apporter au lit. Je me suis précipitée vers elle pour l'embrasser. Mac était tout simplement la meilleure femme que je pouvais avoir dans ma vie.

Chapitre 5

Après un merveilleux petit déjeuner et un bon bain, Mac et moi avons dû nous séparer, elle avait un entretien pour un job alors que moi j'avais une séance de kiné. Même si mon bras allait largement mieux, je continuais les séances comme me l'avait recommandé le médecin. Il ne m'en restait pas énormément à faire alors autant ne pas rater les dernières. Après ça, je me suis rendu au studio pour voir Lorie, elle m'avait fait promettre de venir la voir et je tiens généralement mes promesses. Quand je suis arrivé, j'ai poussé la porte et c'est Stephen qui m'a accueilli. Sourire immense, on pouvait voir qu'il était toujours aussi amoureux de ma Lorie. Enfin MA, qui allait bientôt devenir SA Lorie. Je me suis installée discrètement afin de ne pas la déranger, le photographe m'avait déjà prévenu, dès que Lorie me voyait, elle ne pouvait s'empêcher de me sauter dessus, et tant que je refuserai de poser avec elle, il préférait que je me change en petite souris et que je me cache.

Ah oui c'est vrai, j'avais oublié de vous le dire avec toute cette histoire, le photographe nous avait proposé des séances ensembles. Je n'étais pas mannequin, je n'avais aucune idée de comment me positionner et je ne faisais qu'un mètre soixante-huit, autant dire que j'étais trop petite pour être mannequin. Bref, la perspective de faire des photos ne m'enchantait pas vraiment. Je savais que son envie de nous voir ensemble était principalement due à la publicité que ça lui ferait du fait de ma soudaine notoriété. Mais la photo, ce n'était pas mon domaine et même si Lorie insistait à chaque fois que je venais au studio.

Aujourd'hui, c'était une séance en maillot de bain, d'un coup, je comprenais mieux le sourire sur le visage de Stephen, je supposais même, en voyant la tenue de Lorie, que son sourire n'était surement pas la seule banane qu'il avait. J'évitais de le regarder au cas où mon envie de savoir si oui ou non j'avais raison, ne me fasse regarder si une bosse déformait son pantalon. Je me suis contentée de baisser la tête et de rigoler en silence. Petite pause entre deux shoots et j'ai pu voir Lorie s'empresser de se jeter sur son futur mari. Cette fois, je n'avais plus aucun doute quant à l'effet qu'elle lui faisait. Je me suis raclé la gorge tout en sortant de ma cachette, je n'allais pas me retrouvais à jouer les voyeuses si jamais ils se laissaient aller là.

— Ambre, ça fait longtemps que tu es là ?
— Pas vraiment, on va dire quinze ou vingt minutes, tu es merveilleuse. C'est un nouveau maillot ?

— Oui, un cadeau du magasin si je pose avec pour leur catalogue. Tu me connais, je ne refuse jamais quand il s'agit de mode.

— On ne refuse pas, tant que ça reste correct ma princesse.

— Oui, évidement, ne t'inquiète mon amour, je ne ferai rien sans t'en parler avant.

— Pas d'inquiétude Stephen, elle tient trop à toi, je me porte garante pour elle.

Il m'a fait un signe de la main et a filé aider son patron qui l'avait déjà appelé deux fois. Lorie m'a prise dans ses bras. Après la scène de la veille, elle voulait savoir comment j'allais. Petit récapitulatif rapide pour elle, Antonio et Mac couchaient ensemble dans le dos de Franck, Mac m'avait confirmé que rien n'était sérieux, mais je pensais toujours qu'Antonio en pinçait toujours pour Mac. Il avait gardé ses affaires car elle avait passé quelques jours chez lui avec Franck. Je ne savais pas s'il avait cherché à me faire peur, à mettre le doute mais une chose était sûre, je n'avais pas besoin de ça, j'avais déjà l'audience pour me stresser. Lorie a approuvé d'un signe de la tête.

— Et puis Mac a dû te rassurer sur leur relation, c'est du passé. En tout cas, faut avouer qu'il est bel homme mais chut ça reste entre nous ça. Stephen n'est pas du genre grand jaloux mais je n'ai pas envie qu'il pense je ne sais quoi.

— Oui, elle m'a rassuré. Et franchement, Antonio est pas mal, il a cette assurance que dégage toute la famille Gomez, c'est comme une sorte d'attraction qui peut rendre folles les femmes, un charisme fou, un regard envoûtant… Pfff ! Mais qu'est-ce que tu ne me fais pas dire toi. Des conneries. Ce sont des trafiquants, des mecs à éviter. Et malheureusement pour moi, il y a cette audience qui m'oblige à les croiser tous les deux, c'est l'horreur, c'est un cauchemar, et je peux t'assurer que c'est le bon mot.

— Tu sais quoi, il y a quelques mois, ce genre de cauchemar, je n'aurai pas dit non. Et vu comment Franck était au début avec toi, si on n'avait rien su, tu serais sûrement sa petite amie. Il faut avouer qu'il semblait vraiment parfait quand même. Ne me dis pas que tu n'as pas douté une seconde, je te connais Ambre.

— Tu insinues que j'aurais pu être avec lui ? Non ! Beurk ! Non et non, enlèves-toi ça de la tête.

Lorie venait juste de faire remonter l'image de Franck entre mes cuisses, une envie de vomir m'a saisi et je me suis précipitée aux toilettes où j'ai renvoyé mon merveilleux petit déjeuner. Je suis retournée auprès de Lorie et lui ai demandé d'éviter ce genre d'idée à l'avenir. Elle m'a opiné du chef mais je pouvais voir une hésitation dans son regard.

— Vas-y, crache le morceau Lorie, tu ne vas pas te retenir bien longtemps de toute façon.
— Ben, je te connais Ambre, Franck ne t'a certainement pas laissé indifférente. Je ne dis pas que tu sauterais dans ses bras mais… Allez avoues, tu y as pensé quand même.

Je l'ai regardé sans rien dire. Y avais-je pensé ?
C'est vrai qu'au début j'avais douté de l'histoire de Mac. Franck avait l'air d'être tellement parfait. Et puis, il fallait reconnaitre que c'était quand même un sacré beau gosse, impossible de ne pas le reconnaître. J'ai soupiré et j'ai dû avouer que Lorie n'avait pas tort. Mais ce coup de cœur était passé bien vite, même si Franck hantait encore mes rêves. Lorie s'est étouffée à moitié en m'écoutant et elle a répété mes derniers mots

— Hanter tes rêves ?

J'ai acquiescé doucement.

— Lorie, tant que le jugement ne sera pas rendu et que Franck ne sera pas déclaré coupable, je crois que je serais foutue avec mes cauchemars. Imagine s'il s'en sort ? Tu as bien vu son sourire lors de l'audience, comme si rien ne pouvait le toucher. J'ai peur, je deviens folle, quand je rêve de Mac, il finit par prendre sa place. Et le pire c'est que j'aime ça dans mon rêve, tu comprends ? Je deviens cinglée, il faut que tout ça se termine.

— Tu devrais en parler avec un pro. Moi, je dirais qu'il t'a plu et qu'avec tout ça, tu t'y perds. Je sais que tu es dingue de Mac, elle était liée à lui alors peut-être que ton petit cerveau, sous le coup de la peur, ne sait plus ce qu'il fait, et tu mélanges tout. Ou alors, Mac ne te suffit plus et il te faut un mec, le genre bien monté. Tu as peut-être besoin de chevaucher un beau mâle, tout simplement. Tu n'étais pas lesbienne avant tout ça Ambre, et ton corps te réclame peut-être autre chose.

— Mac me suffit amplement, pas besoin d'un mec pour prendre mon pied, je te rassure là-dessus. J'irai voir un psy après l'audience, je pense qu'il faut déjà que tout se calme. Et tu sais, tu n'étais pas obligée de faire des mouvements avec ton bassin, j'avais bien compris ce à quoi tu faisais allusion.

Le photographe l'a appelé, elle a levé les yeux au ciel et m'a prise dans ses bras en glissant à mon oreille qu'elle serait toujours là si j'avais besoin, que rien ne changerait jamais, je serais toujours comme une petite sœur pour elle, et que même si je devenais folle, elle viendrait me voir à l'asile. Mieux, elle a promis qu'elle m'aiderait à m'échapper.

On a rigolé de ses bêtises avant qu'elle ne file. J'ai continué de la regarder poser pendant une heure puis je suis sortie. Je me faisais trop de soucis, heureusement que j'avais des personnes formidables qui m'entouraient. À peine avais-je descendu l'escalier pour sortir de l'immeuble où se trouvait le studio qu'un journaliste est apparu devant moi.

— Mademoiselle, comment voyez-vous la fin de cette audience ? Monsieur Gomez n'est pas n'importe qui, pensez-vous vraiment le faire enfermer ? Sa famille surveille de près cette audience, avez-vous peur ? On dit que le meurtre chez les trafiquants fait partie de leur quotidien, pensez-vous être une future cible si jamais monsieur Gomez était emprisonné ?

Je ne pouvais répondre à aucune de ses questions. Que voulait-il vraiment ?
Des réponses ou simplement me faire peur ?
J'ai tenté d'avancer mais il me suivait, me collant presque aux talons. J'ai fini par me retournais en criant

— STOP ! Ça suffit, laissez-moi tranquille.

J'ai pu voir un sourire sur son visage. Il avait gagné, il avait obtenu une réaction de ma part. Il n'allait plus me lâcher maintenant. J'ai serré les poings et j'ai continué ma route.

— Mademoiselle ? Vous vous êtes joué de Franck Gomez, jusqu'où êtes-vous allé ? Dans son lit ? Avez-vous touchée à la drogue ? Comment votre copine Mackenzy Davis a pu supporter qu'il pose ses mains sur vous ?

Il faisait fort pour me déstabiliser, j'ai ralenti le pas, me suis retournée à nouveau et lui ai adressé un magnifique « Allez-vous faire foutre ». Moi qui restais toujours poli, je venais de craquer en direct. Loin de le calmer, il a insisté de plus belle.

— Est-ce que, comme mademoiselle Davis, vous avez participé à des ventes ? Mademoiselle, est-ce-que...

Il s'est arrêté tout à coup en plein milieu de sa phrase alors qu'Antonio venait d'apparaître juste en face de moi. J'ai avalé ma salive avec difficulté. Me suivait-il ?
Que me voulait-il ?
Avec ce journaliste, on allait faire les gros titres des journaux, c'était sûr.

— Je crois que la demoiselle ne veut pas vous répondre, vous feriez mieux de la laisser. Je m'appelle Antonio Juan Gomez, le cousin de l'accusé, et contrairement à ce que vous semblez penser cher monsieur, mademoiselle ne craint absolument rien de notre part. Ce sont surtout des gens comme vous qui la harcèlent. Je vous demande donc de bien vouloir la laisser.

Il avait dit ça avec beaucoup de calme alors que j'étais restée là complètement paralysée et ne sachant plus ni qui ni où regarder.

Le journaliste, qui ne perdait décidément pas le nord, a demandé à Antonio s'il pouvait lui accorder une interview, ce qu'Antonio a refusé avec un sourire. Un sourire au moins aussi craquant que celui de Franck, ai-je remarqué. Ils n'étaient pas cousins pour rien. Antonio a avancé d'un pas et le journaliste a reculé. Je comprenais tout à fait sa réaction, Antonio était un Gomez, une famille qui n'avait pas peur d'éliminer les gens qui leur posaient des problèmes. Qui n'aurait pas peur ?

Un Gomez derrière les barreaux ça suffisait pour eux, ils n'allaient certainement pas laisser d'autres personnes salir leur nom et encore moins fouiller plus en profondeur dans leurs secrets.

Un frisson m'a parcouru le dos quand Antonio a posé sa main sur mon épaule pour me sortir de mes pensées, j'ai reculé instinctivement. Il m'a alors dit simplement que le journaliste était parti. Je suis restée sur place un instant, m'efforçant de ne pas baisser la tête, je ne devais pas montrer que j'avais peur.

— Et si on faisait connaissance ? Je ne vais pas te manger, ne t'inquiète pas. Je laisse ce plaisir à Mackenzy.
— Pardon ?

— Vous êtes bien ensemble non ? Ou bien ne serait-ce qu'une façade ?

— Qu'est-ce que vous me voulez ?

— Juste faire connaissance, découvrir ce qui a pu plaire à mon cousin chez vous pour se faire ainsi avoir en beauté.

— Rien de spécial, il aime les femmes, c'est tout.

— Franck aime les femmes qui sont sûre d'elles, avec du tempérament. Vous ne correspondez pas à cette description. Oh, j'ai vu la vidéo, comme tout le monde, vous aviez l'air sûre de vous, mais ça ne change rien au fait que vous n'avez pas le tempérament de Mac par exemple. On va se tutoyer si tu veux bien, ça sera plus simple. Bref, il doit y avoir autre chose. Mackenzy était sa reine, il l'a pourtant rejetée pour jeter son dévolu sur toi et, d'après sa façon de parler, j'ai cru comprendre qu'il était toujours accro à toi. Malgré ta trahison, il espère toujours qu'en sortant de prison il te retrouvera. C'est toi qu'il veut, et je t'assure qu'il obtient généralement tout ce qu'il veut.

— Vous essayez de me faire peur ? Que les choses soient claires, vous et toute votre famille êtes surveillés de près et Franck restera en prison un long moment.

— Non, il y restera juste pour un temps, son père n'a qu'à claquer des doigts pour que demain il soit libre. S'il reste en prison, c'est parce que le paternel l'a décidé ainsi. Personnellement, je tiens à ce qu'il reste enfermé le plus longtemps possible afin de pouvoir prendre sa place dans la famille. Toi et moi, on est au moins d'accord là-dessus. Alors on fait connaissance Ambre ?

J'ai refusé et je l'ai contourné puis j'ai marché sans me retourner. Il a haussé la voix pour me dire que c'était ce genre d'attitude qui faisait craquer les hommes de sa famille. J'ai stoppé et me suis retournée pour lui envoyer un doigt d'honneur. Oui, je devenais de plus en plus vulgaire, c'était sûrement dû au fait de fréquenter Mac. Antonio a eu l'air un peu surpris puis il a souri avant de partir en sens inverse. Un peu plus loin, je me suis adossée à un mur pour souffler. Où était donc ma fameuse assurance ?

Je n'en avais plus du tout. Sur la vidéo, c'était la vie de Mac qui était en jeu, l'adrénaline avait tout fait sur le moment, j'étais devenue une sorte de Wonder Woman, une version améliorée de moi-même, mais qu'en restait-il maintenant ?

Antonio avait confirmé mes craintes, Franck allait pouvoir sortir rapidement. J'ai baissé la tête et j'ai frappé le mur derrière moi. Alors, j'avais fait tout ça pour rien ?

Les preuves ne servent à rien ?

La juge était-elle corrompue ?

Où était-ce le jury ?

Cette famille avait le bras long, on ne pourra jamais être tranquille. J'ai fermé les yeux, je devais garder la tête froide, Antonio avait peut-être mentit, je devais attendre la fin du jugement avant de paniquer. Je me suis redressée et j'ai continué d'avancer quand l'inspecteur m'est tombé dessus. J'avais vraiment la poisse.

— Bonjour inspecteur. Dites-moi, vous me suivez ?

— Oh non, enfin peut-être un petit peu, pour votre sécurité surtout.

— Pour ma sécurité ? Pardon mais, Antonio et ce journaliste, vous les avez vu non ? Vous comptiez me laisser seule face à eux combien de temps ?

— Ils n'ont rien fait de mal. Le journaliste, comme beaucoup d'entre eux, était juste un peu trop curieux, j'ai vu qu'il était un peu insistant mais rien de bien méchant, il faisait juste son travail. Et pour monsieur Gomez, il avait plutôt l'air de vouloir être gentil avec vous et, il n'aurait rien tenté ici en pleine rue de toute façon. Pardon mais, vous l'appelez par son prénom, Antonio, c'est assez familier et plutôt étrange pour quelqu'un qui en a peur, non ? Ce n'est pas la première fois que vous vous voyez n'est-ce pas ? Est-ce qu'il était présent quand vous étiez avec monsieur Franck Gomez ?

— Vous allez m'interroger ici ? Non mais je rêve, ce sont eux qui font n'importe quoi et c'est moi que vous interrogez. Vous me suspectez de quoi au juste ? Qu'est-ce que j'ai fait pour ne pas avoir droit à une vie normale ?

— Calmez-vous mademoiselle, je cherche juste à en savoir un peu plus sur cette famille et vous êtes la mieux placée pour ça je pense. Vous ne faites pas partie de mes suspects, je n'ai rien contre vous, mais peut-être que je devrais commencer à fouiller un peu si je me fie à vos réactions, non ? Vous ne m'appréciez guère, cela se ressent, un problème avec la police ? Cacheriez-vous quelque chose ?

— Inspecteur, je ne vous apprécie pas tout simplement parce que la plupart de vos collègues étaient à la solde de la famille Gomez. J'ai dû mal à voir autre chose que des ripoux quand je pense à la police en ce moment.

Excusez-moi de ne pas vous faire confiance. Que voulez-vous savoir d'autre ? Antonio, je ne l'avais jamais vu avant l'audience. Un jour, il m'a empêché de passer sous les roues d'une voiture alors que j'allais traverser la rue. Il a l'air très gentil mais je doute qu'il le soit vraiment, c'est le même genre d'homme que Franck. Je pense que toute cette famille devrait être enfermée, ils sont dangereux. Qu'est-ce que je cache ? Ben, allez savoir, même moi je ne sais pas. Toute ma vie a été exposée au public alors… Tout le monde connait maintenant mon passé. Dites-moi quel secret je pourrais bien avoir maintenant ? Vous voulez enquêter sur moi, allez-y, faites-vous plaisir. C'est vrai que je dois être largement plus dangereuse qu'une famille de mafieux... Pfff ! Vous avez d'autres questions ?

— Je ne suis pas un de ces ripoux mademoiselle, je comprends votre crainte mais ne la dirigeait pas sur tous les policiers que vous rencontrez, il y en a encore qui font un boulot correct. Quoi qu'il en soit, si vous apprenez quelque chose, n'hésitez pas à nous en parler. Au pire, si vous n'avez vraiment pas confiance en moi, venez crier au milieu du commissariat, il y en aura bien un policier intègre qui réussira à vous convaincre de sa bonne foi.

J'ai ouvert la bouche puis l'ai refermée, il avait raison, je ne pouvais pas me méfier de tous les policiers. Je me suis excusée pour ma réaction, un peu gênée alors qu'il me disait que ce n'était pas grave mais au fond je savais que ma réflexion l'avait touché. Lui aussi doutait, de moi, de ses collègues…

Il s'est excusé à son tour, il faisait son travail avec beaucoup trop de zèle, même sa femme lui répétait sans cesse qu'il ne vivait que pour son boulot. Il m'a souri et m'a dit que ça serait plus évident la prochaine fois qu'on se verrait. Quand il m'a enfin laissé, je me suis pressée pour rejoindre Mac dans le parc. Un petit pique-nique en amoureuses et une longue balade était prévu, exactement ce qu'il me fallait pour me remettre de mes émotions.

Chapitre 6

En fin d'après-midi, on a croisé Lorie et Stephen, eux aussi en balade d'amoureux. On a décidé de rester tous les quatre. Je n'ai rien dit de ma rencontre avec Antonio, mais j'ai parlé de l'inspecteur, j'avais une mauvaise intuition le concernant, il cherchait un peu trop à me voir. Ce n'était pas la première fois que je le voyais m'espionner, il n'était pas aussi discret qu'il le croyait. Peut-être qu'il se doutait de quelque chose concernant l'argent ?

Non, personne ne savait rien, personne à part nous quatre et on était resté prudent. Lorie a regardé Stephen puis Mac.

— L'inspecteur est venu me voir aussi, enfin nous, Stephen était encore là quand il est venu frapper à la porte, et franchement tant mieux. Il cherche quelque chose, il pose beaucoup de questions. On est resté sur ce qu'on sait tous de cette affaire. Comme je le dis souvent à Stephen, j'ai un peu peur qu'on se fasse avoir avec l'argent, s'il arrive à remonter à tous les acheteurs de

Franck, il saura vite qu'il manque l'argent de la dernière transaction et comme tu étais seule avec Franck, les doutes iront directement sur toi.

— Non, il faudrait que les acheteurs nous dénoncent vu que je n'ai pas enregistré cette vente. Personne ne sait que cet argent existe, il n'y a donc aucun souci à se faire. Il n'y a pas de danger à ce niveau, sauf si Franck comprend qu'on a détourné la transaction, mais pour ça, il faudrait qu'il ait la liste totale des ventes en mains. Et quand bien même, celle-ci doit être si longue qu'il ne verrait sûrement rien.

— Tu y as pensé ?

— Oui, évidement. Pour être franche, quand Franck m'a demandé d'enregistrer dans son notebook et que j'ai vu cette longue série de chiffres, je me suis dit qu'avec tout ce qu'on avait vécu on avait bien le droit d'en profiter un peu nous aussi. Je sais, c'est du vol, ce n'est pas bien, mais merde, les flics ripoux ne se sont pas fait prier eux, alors que des vies étaient en jeu. Là, on ne tue personne, on est quatre amis qui ont tout fait pour évincer un trafiquant de drogues, on a fait le boulot des flics ripoux, alors on a le droit d'être payé à leur place.

— Là-dessus, je suis d'accord avec toi ma belle. Mais si Franck regarde ses comptes, nous sommes foutus.

— C'était un nouveau compte en Tunisie, si je ne me trompe pas. J'avais vérifié le compte qui était absent du registre de Franck, je ne pense pas qu'il va s'en souvenir, il en a tellement.

— Pour le moment, il n'a rien dit, mais peut-être qu'il attend le verdict pour nous le faire payer, enfin pour te le faire payer dans un premier temps.

Mac n'avait pas tort. Peut-être qu'il en avait parlé avec Antonio et que c'était pour ça qu'il était ici. Et moi qui pensais qu'il voulait me prendre ma Mac. Je n'avais pas le choix, si je voulais savoir ce qu'il en était, j'allais devoir accepter de parler avec Antonio. Quand est-ce que cette histoire allait se calmer ?

Au pire, s'il voulait l'argent, je pouvais le lui donner en échange de sa promesse de dégager de nos vies, lui et toute sa famille. On avait toujours su se débrouiller sans avoir de grosses sommes alors on n'avait pas besoin de ça. Oui, au pire, je lui donnerais tout. J'ai souri pour rassurer mes amis que tout irait bien, du moins, je l'espérais. La question était de savoir si Antonio était aussi manipulateur que son cousin et s'il avait lui aussi prévu d'autres choses.

Changement de sujet, on s'est mis à parler du futur mariage et de la venue prochaine de la mère et de la sœur de Stephen, mon esprit n'était plus vraiment avec eux.

On a décidé de manger un morceau tous ensemble au fast-food pas très loin. C'est là que je suis tombé sur Danny. Je crois que je suis devenue blanche comme la mort quand il s'est approché de notre table avec son grand sourire. Il nous a dit bonjour sans même prendre la peine de jeter un regard sur mes amis, il n'avait d'yeux que pour moi, ce qui n'a fait qu'accentuer ma gêne évidement. Mac m'a prise la main et lui a dit que nous aimerions rester entre amis, mais il lui a répondu qu'il me connaissait. C'était la vérité, même si je n'avais jamais pensé le revoir un jour. Je n'avais pas encore réussi à ouvrir quand il s'est installé sans même demander la permission. Mac lui a lancé un regard meurtrier avant de le questionner pour savoir qui il était ?
D'où me connaissait-il ?
Qui j'étais pour lui ?

J'ai enfin réussi à avaler ma salive, j'ai attrapé mon verre et bu deux grandes gorgées de coca afin de me donner le temps de rassembler mes esprits.

— Moi c'est Danny, pas besoin de vous présenter, vous êtes des stars, si on peut dire ça comme ça. Ambre et moi étions en cours ensemble, on habitait dans le même quartier à Pinnelands. Qui je suis pour elle ? Eh bien, si toi tu es celle qui lui a fait découvrir les femmes, disons que je suis celui qui lui a fait découvrir les hommes.

— Tu es son...
— Oui Lorie, je suis son tout premier mec.

Mac s'est blottie au fond de sa chaise pour tenter de contenir sa colère et un silence s'est fait avant que Danny ne relance la conversation.

— Waouh, la gêne ! Vous êtes sérieux ? Non parce que, avec tout ce qui est passé à la télé, ma déclaration n'a rien de choquant, non ? Ambre ?
— Je ne pensais pas du tout te revoir en fait.
— Ça fait plaisir, merci. Si je dérange, je peux partir.
— Ouais, t'as qu'à faire ça.
— Mac, s'il te plaît. Danny est un ami. Désolé Danny mais tu m'as surprise, je me suis toujours dit que tu ne quitterais pas le quartier. Qu'est-ce que tu fais par ici ?
— Je suis en vacances et je me suis dit que j'allais en profiter pour venir te voir. Du calme Mackenzy, je ne vais rien tenter... Sauf si, une partie à trois...

— DANNY...

— J'avais le droit de tenter, non ? Les nouvelles expériences, tu connais, ça peut que faire du bien.

— Je vais le démolir ce mec. Tu oublies ça vissa, je ne partage pas MA Ambre.

Il a souri et a levé les mains pour dire qu'il avait compris. Petit à petit la tension est redescendue. Danny nous a parlé de tout et de rien, des changements qu'il y avait eu dans mon ancien quartier. Je l'ai écouté avec attention, j'étais née là-bas et j'avais dû fuir, mais ça ne voulait pas dire que mon quartier ne me plaisait pas. Le temps a passé rapidement et avec l'heure de la fermeture, est venu le moment de nous séparer. Sur le chemin du retour Mac ne me parlait pas, je crois bien qu'elle me faisait la tête. Était-elle jalouse ?
Je crois que j'ai souri, ça prouvait que je comptais pour elle, non ?

Quand on est arrivé chez nous, Bart était tout joyeux, il avait faim mais il voulait surtout sa dose de caresses. Je me suis occupée de lui pendant que Mac a foncé dans la salle de bain avant de se coucher sans un mot. Là je ne rigolais plus, ça devenait gênant. Quand je l'ai rejoint dans notre lit, elle a fait semblant de dormir, je le savais à sa façon de respirer et de se tourner. J'ai tenté une approche en douceur avec une caresse mais elle a grogné. Elle boudait vraiment. Je ne savais plus si je devais trouver ça mignon ou embêtant. Un petit bisou dans le cou pour me faire pardonner ?

Elle s'est laissée faire, j'avais peut-être trouvé une ouverture. Je lui ai demandé ce qui n'allait pas, elle a répondu d'un unique nom : Danny. J'avais donc vu juste, elle était jalouse. Je l'ai rassuré, Danny faisait partie de mon passé, il avait été mon premier petit copain, ça s'arrêtait là, tout simplement. À l'époque, je n'avais pas voulu me lancer dans la prostitution sans rien connaître des choses du sexe. Danny était mon ami aussi je lui avais demandé de m'apprendre. Il m'avait déconseillé de suivre mon idée mais je ne l'ai pas écouté, je ne voulais pas faire ça avec n'importe quel mec pour ma première fois. Mac s'était retournée, son visage tout proche du mien, elle a collé son front contre le mien et a plongé son regard dans le mien. Je crois qu'elle a cherché à voir si je lui mentais, ce n'était pas le cas aussi elle m'a embrassée et on s'est endormis plus légères toutes les deux.

Le lendemain, j'étais la première debout, c'était vendredi aussi je n'étais pas vraiment tranquille. Je suis sortie pour prendre l'air, j'en avais besoin. Quand je suis rentré, j'ai trouvé Bart devant la porte comme toujours et j'ai senti la bonne odeur du café. Le bruit de la douche m'a indiqué où se trouvait Mac. J'ai rangé les quelques courses que j'avais faites sur le marché et j'ai enlevé mes vêtements pour aller surprendre ma belle sous l'eau. Alors que je me glissais contre elle, elle ne s'est pas retournée, elle avait reconnu mes doigts. J'en ai profité la comblant de mes caresses, mes baisers sur son épaule, sa nuque, son cou. D'une main, j'ai agrippé son sein gauche pendant que l'autre glissait doucement sur son ventre pour se diriger entre ses cuisses. Mac s'est laissée faire et appréciait le frottement de mes doigts sur son clitoris. Elle s'est penchée afin de mieux sentir mes gestes puis elle s'est retournée pour m'embrasser. La douceur de ses lèvres me faisait frémir.

— J'en ai envie aussi mais...
— Je sais, on aura tout le temps ce soir. Je te frotte le dos ?

Elle m'a donné un baiser et s'est tournée à nouveau. Je ne sais toujours pas comment j'ai fait pour résister, la mousse qui glissait sur son dos me donnait des idées...

Pas le temps hélas, on devait se préparer pour l'audience. On est sortie ensemble de la douche, on s'est habillée et on est sortie de l'appartement. J'ai toujours aimé monter à moto avec Mac, aussi faire la route jusqu'au tribunal a été un plaisir pour moi. J'ai apprécié les vibrations de la machine, la chaleur du dos de Mac contre moi, le vent dans mes cheveux. Je crois que je pourrais lui faire l'amour sur cette machine si ce n'était pas si risqué et si acrobatique. Le trajet m'a paru trop court, comme toujours avec ce qui est bon.

À peine étions-nous arrivées que plusieurs journalistes nous ont encerclés. Je ne comprenais même pas leurs questions tant c'était le capharnaüm. Des policiers sont arrivés alors pour nous dégager un passage jusqu'à l'entrée. On a dû attendre encore quelques minutes avant de pouvoir entrer dans la salle c'est alors qu'une main s'est posée sur mon bras afin de me forcer à me retourner. Mac a réagi avant moi, elle a été plus rapide à se retourner et, alors que j'esquissais un mouvement, elle m'a attiré contre elle tout en se plaçant légèrement devant moi en bouclier.

— Je ne vois toujours pas ce que mon fils a pu vous trouvez jeune fille. Il ne devait pas avoir la tête en place. Autant j'ai tout de suite compris pour Mackenzy, mais alors vous, je cherche toujours. À part votre beauté et votre jeunesse, je ne vois vraiment rien d'extraordinaire.

— Mon oncle, il faut justement se méfier des femmes à l'apparence fragile, ce sont celles qui font le plus de dégâts.
— Tu n'as pas tort Antonio, tu n'as pas tort. Mes demoiselles, si vous le permettez, j'aimerai bien entrer.

Les portes derrière nous s'étaient ouvertes et ils sont passés entre nous deux pour bien nous faire comprendre que nous n'étions rien sur leur route. Antonio a échangé un regard avec Mac qui ne m'a pas plu, avant de me lancer un sourire et un clin d'œil. Nous les avons suivis en prenant soin de laisser le plus d'espace possible entre eux et nous puis nous nous sommes installés.

Je suis restée les yeux fixés en direction de la barre des accusés même si elle était vide pour le moment, je ne pouvais pas regarder en direction de la famille Gomez. Le jury est entré, suivi par Madame la Juge et nous nous sommes tous levés alors qu'elle a demandé à faire entrer l'accusé. Franck, mon cœur s'est mis à battre plus vite, quand il est entré.

Nous aurions pu être des milliers dans la salle, Franck n'avait d'yeux que pour moi. J'aurais aimé dire que je pouvais y voir sa haine, mais non, au contraire même, ce qui me mettais d'autant plus mal à l'aise. Lorie et Stephen sont arrivés à ce moment-là et se sont installés avec nous. J'ai remarqué les deux avocats qui se lançaient des regards complices alors que nous avions droits au rappel des faits reprochés. Je n'arrivais pas à chasser de mon esprit cette impression que tout était déjà joué et que nous étions juste là pour assister à une sorte de pièce de théâtre. Je n'avais confiance en personne dans cette salle à part en mes amis évidement. Je savais déjà que Franck allait s'en sortir, Antonio me l'avait confirmé. D'un coup de coude, Lorie m'a fait comprendre que Franck me regardait. En effet, il n'avait pas cessé de m'observer depuis qu'il était arrivé. Il m'a alors lancé un sourire qui m'a glacé le sang. Mac m'a serré la main afin de me redonner du courage. Serait-ce suffisant pour que je puisse témoigner ?

J'en doutais et pourtant il le fallait même si j'étais convaincu de tout ça ne servirait à rien. Mac m'a secoué pour me sortir de mes pensées, tout le monde me regardait. Elle m'a dit doucement que je devais aller à la barre. J'ai respiré profondément, le moment était venu, je tremblais légèrement, une énorme boule s'était formée dans mon estomac. Je suis sortie du banc et me suis avancée. À ce moment-là, Franck s'est levé et a demandé à la juge s'il pouvait aller lui-même témoigner à la barre. Je suis restée immobile à côté du banc, qu'allait-il dire ?

Comment comptait-il faire pour s'en sortir ?

Franck a attendu patiemment la réponse du magistrat alors que son père et son avocat lui disaient de retourner s'asseoir. Madame la Juge a fini par accepter et m'a demandé de retourner à ma place tout en prévenant l'accusé qu'il n'avait pas intérêt à lui faire perdre son temps. Franck s'est mis en place alors que son avocat était en totale panique. Il n'était pas au courant des intentions de Franck et rien de tout ça n'était planifié. Franck prenait des risques, pourquoi ?
En passant devant moi avant que je ne rejoigne ma place, il a murmuré à mon oreille.

— Je fais ça pour toi, tu perds tous tes moyens devant la barre, je l'ai tout de suite vu. Garde bien l'argent de notre dernière transaction ma Bonnie, quand je sortirais, tu seras à mes côtés. Ta fragilité et ton courage me plaisent toujours autant. Tu devrais retourner auprès de tes amis maintenant, mais n'oublies pas, tu es à moi et ce fric aussi.

Il m'a caressé la main alors que ses mots résonnaient en moi. J'ai entendu Madame la Juge sans la comprendre alors que Mac est venue me ramener vers notre banc. Je suis restée dans le vide quelques secondes aussi Mac m'a prise la main afin que je tourne la tête vers et elle m'a fait un petit sourire. Je me suis ressaisie et me suis tournée en direction de Franck quand j'ai entendu Madame la Juge lui demandait s'il pouvait répéter. Je n'avais rien entendu mais le regard de mes amis m'a fait comprendre que c'était important et que je devais être plus attentive.

— Comme le montre cette foutue vidéo, je suis coupable. Pas besoin de cette mascarade, remballez vos jurys et vos témoignages, j'avoue tout, je suis un trafiquant de drogues, j'ai plusieurs identités, des comptes cachés un peu partout… Et j'ai bien provoqué la mort de plusieurs personnes. Qu'on en finisse avec vos audiences, enfermez-moi et qu'on n'en parle plus.

— Monsieur Gomez, vous vous rendez compte de ce que vous dites ? Ce sont vos aveux ? Vous vous déclarez coupable alors que votre avocat nous a affirmé qu'on vous avez manipulé et que tout ceci avait été planifié pour vous faire tomber. Expliquez-vous je vous prie.

— Mon avocat travaille en réalité pour mon père, je crois que vous êtes mère vous-même, que ne ferait-on pas pour nos enfants ? J'ai laissé mon père suivre son idée mais j'en ai marre de tous ces mensonges. J'ai décidé d'assumer mes actes, je suis bien coupable.

Le patriarche de la famille Gomez s'était aussitôt levé en serrant les poings en traitant son fils d'idiot, d'imbécile et de tout un florilège de petits noms qui a poussé Madame la Juge à frapper de son marteau à plusieurs reprises afin de ramener le silence dans la salle. Le père de Franck n'a pas attendu la fin du jugement et est sorti en claquant la porte derrière lui. Mac m'a demandé si je savais ce qui pouvait bien passer par la tête de Franck. Franchement, je n'en avais aucune idée, et je n'avais pas vraiment envie de lui répéter ce qu'il m'avait dit plus tôt. Madame la Juge a fait appeler les deux avocats afin de s'entretenir un moment avec eux. Franck n'a pas cessé de me regarder et de sourire pendant que tout le monde s'interrogeait sur les répercussions de ses révélations.

— Il a un plan, c'est obligé. dit Mac.
— Son père n'avait pas l'air au courant en tout cas. Répond Lorie.

Je suis restée silencieuse, inutile de les affoler.

Quand les avocats ont repris leurs places, la Juge a fait venir le président du jury auprès d'elle et tous les jurys ont fini par sortir de la salle. L'audience a été suspendu et ne reprendrait pas avant une heure. Les policiers ont emmené Franck et je n'ai pas pu m'empêcher de le suivre du regard, ce qui m'a permis de voir qu'il faisait de même. Mac a cru bon d'intervenir et de me sortir une fois encore de mes pensées.

— D'après toi, pourquoi il a fait ça ?
— Je... Il m'a appelé Bonnie.
— Et pourquoi ? Il n'a toujours pas compris que tu étais venue pour le faire tomber ?

On doit sortir de la salle Mac, on en reparle dehors.

On ne pouvait pas faire grand-chose à part patienter dans le couloir, c'est là que j'ai vu le père de Franck s'avançait vers moi, toujours sous le coup de la colère. Heureusement, il s'est arrêté en apercevant l'inspecteur, j'ai soupiré de soulagement et j'ai essayé de calmer les battements de mon cœur.

— Impressionnant ce revirement de situation. Vous en pensez quoi mademoiselle Baker ?

— Je ne comprends pas moi-même ce qui vient de se passer, mais vu qu'il a avoué, je suppose qu'il sera donc enfermé et qu'au moins, je ne crains plus rien. N'est-ce pas ?

— En effet, sauf si... Mais ne vous en faites pas mademoiselle, ça va aller. Que vous a-t-il dit avant de venir à la barre ?

— Qu'il a remarqué que je perdais mes moyens et qu'il aimait ça.

— C'est tout ?

— Il n'a pas eu le temps d'en dire plus, et si vous voulez mon avis, c'était déjà trop, inspecteur.

Il a acquiescé et s'est dirigé vers les avocats. Mac a voulu poursuivre notre discussion mais je l'ai stoppée avant qu'elle ne parle, ce n'était ni le bon endroit ni le bon moment pour ça, il y avait trop de gens autour de nous. La menace Franck semblait se dissiper, mais celle que représentait son père me paraissait encore plus grande, je ne savais rien de lui à part que c'était le chef de la Famille et donc de toutes leurs affaires, c'était lui qui dirigeait tout, la figure la plus importante du trafic. De ce que je pouvais voir, il n'avait vraiment pas l'air content de la tournure prise par les évènements, vraiment pas content.

Quand la porte s'est ouverte et qu'on est entré à nouveau dans la salle du tribunal, je me sentais mal à l'aise, je savais que quelque soit le verdict, il allait avoir de lourdes répercutions sur ma vie et ce, dans un avenir très proche…

Chapitre 7

Toute la salle était silencieuse, le temps semblait tourner au ralenti et l'attente devenait insupportable. Je me tenais au banc de toutes mes forces, mon énergie me fuyait et j'avais peur de tomber. Madame la Juge a enfin pris la parole pour résumer une nouvelle fois la situation, puis elle s'est tournée vers le jury. Cette fois, le temps c'est véritablement arrêté le temps que le verdict soit prononcé…
Et le mot tant attendu a été dit.

— COUPABLE !

Je n'ai pas entendu le reste, il était coupable, je ne risquais plus de le voir apparaître un jour en bas de chez moi, je ne risquais plus de sentir ses mains sur moi, il ne me toucherait plus jamais… Étrangement, cette dernière réflexion a effacé le sourire que l'annonce du verdict avait fait apparaître sur mon visage. Mac a remarqué mon changement soudain et a voulu me rassurer.

— Oui, il n'a pas pris beaucoup, mais au moins, nous serons tranquilles un peu de temps. Ne t'en fait pas, tout ira bien.

— Pas beaucoup de temps ?

Elle m'a alors prise dans ses bras et m'a dit que tout irait pour le mieux. Mais combien de temps avait-il prit ?

J'aurais dû être plus attentive. Madame la Juge frappait de son marteau pour ramener l'ordre dans la salle. Pourquoi n'arrivais-je pas à être aussi heureuse que mes amies ?
Je devrais être en train de sauter de joie comme Lorie, non ?

J'ai remarqué les policiers qui se rapprochaient de Franck pour sa sécurité ou pour empêcher sa famille de lui faire passer je ne sais quoi, en effet, ils avaient le droit de venir lui dire au revoir avant qu'on l'enferme pour de bon. Son cousin l'a attiré contre lui pour une accolade que je trouvais particulièrement hypocrite vu ce qu'il m'avait dit quant à son souhait de le voir enfermé. Le père de Franck a choisi de ne rien lui dire et est resté bien droit en serrant la mâchoire devant son fils, j'ai cru un instant qu'il allait le frapper, mais non il lui a simplement dit que seul un idiot aurait fait ce genre de chose et qu'il avait sali le nom des Gomez. Franck aurait pu rester stoïque, mais non, il a répondu à son père et ses mots m'ont surpris.

— Je ne sali rien du tout, j'ai le courage d'assumer mes actes. Et quand je sortirais père, je pense que nos hommes auront bien plus de respect pour moi qu'ils n'en ont jamais eu pour vous.
— Du respect ? Quelle importance ? Tu es en train de couler Franck et tu as fait couler la plupart de tes clients par la même occasion. Tu crois qu'ils vont encore te faire confiance quand tu sortiras ? Tu n'as plus rien, tu n'es plus rien. Bonne chance pour tout recommencer quand tu sortiras de tes trente ans d'emprisonnement. Sans compter que dorénavant, tout ce que tu pourras faire fera l'objet d'une étroite surveillance. Heureusement qu'Antonio est là, il saura prendre la relève. Pour moi, tu n'existes plus, je verrais si tu mérites mon aide plus tard, pour le moment tu vas disparaitre dans ton trou et réfléchir à tout ça.

Monsieur Gomez n'a pas serré son fils dans ses bras, il ne lui a pas montré d'autres sentiments que sa rage, j'en suis restée bouche bée. C'est alors que j'ai remarqué que mes amis étaient déjà arrivés devant la sortie. La discussion entre Franck et son père m'aura au moins appris qu'il en avait pris pour trente ans.

Je pourrais déménager, changer d'identité, me construire une nouvelle vie, et quand il sortirait, il lui serait impossible de nous retrouver. Il ne me restait plus qu'à voir comment je pouvais faire ça. Mais je perdrais sans doute mes amis, des amis qui étaient devenus une véritable famille pour moi et Franck risquerait de s'en prendre à eux en représailles. Non, j'allais juste espérer qu'il m'oublierait. Mais l'argent, allait-il l'oublier ?

J'en doutais d'autant qu'il en avait parfaitement connaissance vu notre petite conversation, il comptait visiblement le récupérer en sortant. Monsieur Gomez m'a interpellé alors que je réfléchissais à la meilleure chose à faire maintenant.

— Vous avez eu ce que vous souhaitez mademoiselle, mon seul fils va se retrouver derrière les barreaux. J'espère ne plus jamais vous croisez, pour notre bien à tous, où je me ferais un plaisir de...
— Ne me menacez pas, j'ai pu faire arrêter Franck, je pourrais très bien vous faire arrêter également.

— Moi ? M'arrêter ? Ma chère, mon fils est un idiot mais, je suis loin d'être comme lui, vous n'êtes qu'une petite garce et d'un claquement de doigt je pourrais vous faire disparaître alors …

— Ce que mon oncle tente de vous faire comprendre c'est qu'il est préférable que vous ne vous croisiez plus. Au revoir Ambre.

Antonio a poussé son oncle vers la sortie et m'a laissé en plan, il m'a sans doute sauvé la mise. Monsieur Gomez avait parlé de me faire disparaître ?
Est-ce qu'il allait se venger ?
Antonio l'avait empêché de finir sa phrase, pourquoi ?
Et pourquoi avais-je cette impression que je devais absolument avoir une discussion avec Antonio ?

Les deux policiers ont fait signe à Franck qu'il était l'heure de partir mais celui-ci est resté sur place sans bouger. Ils ont alors voulu le forcer à avancer mais il a demandé s'il pouvait avoir une minute pour me parler. Je suis restée figée, les policiers m'ont regardé et ont préparé leurs matraques. Un regard en direction de Mac qui me faisait signe de refuser mais je n'ai évidemment pas écouté son conseil.
Pourquoi n'ai-je pas écouté ?

Réponse, parce qu'il savait pour l'argent et qu'il aurait très bien pu nous faire tomber à ce moment-là.

— Ambre, n'oublie jamais que tu es MA Bonnie. Même si tu m'as trahi, une part de toi sait qu'elle est faite pour être avec moi. Il suffit de voir comment tu te comportes pour le comprendre. Tu es toute aussi manipulatrice que moi et, tu es douée pour cacher des choses... Dommage qu'on ne soit pas seul, le goût de tes lèvres me manque, ton corps aussi. Je sais que tu ressens la même chose, vivement que je sorte ma douce Bonnie... Oh, n'hésite pas à venir me rendre visite, à moins que tu souhaites que je... Enfin, tu connais la suite... À bientôt Ambre.

J'ai dû me tenir pour ne pas trembler, j'ai réussi à ne pas détourner le regard, je ne voulais pas que les policiers comprennent les sous-entendus de Franck. Je connaissais enfin son plan, il allait me faire chanter, je ne serais jamais vraiment libre...

Quand les policiers ont emmené Franck, je suis partie sans me retourner, j'ai attrapé le bras de Mac au passage et nous sommes sorties. Cette audience était la dernière, j'espérais ne plus jamais avoir à revenir dans ce tribunal. Dans le couloir, quelques journalistes ont essayé d'approcher la famille Gomez, d'autres ont jeté leurs dévolus sur l'inspecteur, espérant avoir plus d'explications, lui-même tentait de se faire un passage jusqu'à nous, j'en ai profité pour me défiler et aller aux toilettes à l'opposé. Une fois à l'intérieur, j'ai laissé mon corps prendre appuis sur la porte et bloquer ainsi l'accès, j'ai pris le temps de respirer profondément et de me calmer puis je me suis dirigée vers un des lavabos. J'ai passé un peu d'eau sur mon visage alors que Lorie et Mac me regardaient faire en silence, Stephen était resté dehors, logique, espace réservé aux filles. Je me suis répété les mots de Franck : SA Bonnie, mes lèvres, mon corps…

Lorie s'est approchée de moi pour me réconforter mais je l'ai coupé dans son geste et j'ai ouvert la porte de la cabine toute proche et est rendue le contenu de mon estomac. Mac a surgi à mes côtés et m'a tendu de quoi m'essuyer. J'ai pris sur moi afin de ne pas pleurer, pas ici, pas avec tous ces journalistes qui attendaient dehors, je devais rester forte. Je me suis relevé et j'ai souri tout en leur disant que c'était bon, on pouvait rentrer. Évidemment, elles voulaient en savoir plus aussi j'ai dû leur dire que ce n'était pas le bon moment sinon je risquais de craquer.

En sortant, Stephen nous a demandé si ça allait, j'ai été un peu trop franche en lui répondant NON mais qu'il fallait sortir avant que les vautours de journalistes ne nous tombent dessus. Il s'est placé devant notre groupe et a joué des coudes pour nous obtenir un passage jusqu'à la sortie.

Je suis montée à l'arrière de la moto de Mac et pour une fois, je n'ai pas profité du trajet, mon esprit était toujours accaparé par les derniers mots de Franck. Quand nous sommes arrivées chez nous, j'étais toujours perdue dans mes réflexions, ce qui évidemment a poussé Mac à m'interroger.

— Je croyais qu'on fêterait la fin du procès mais ta tête me dit que tu n'as pas le cœur à ça. Tu veux bien m'expliquer ce qui se passe maintenant ?
— Je te l'ai dit, il m'a appelé SA bonnie, et ce n'est pas tout Mac, quand il sortira, il m'a dit qu'il viendra pour me récupérer. Il m'a aussi demandé ou plutôt ordonné, de lui rendre visite en prison.
— Ben il peut rêver, tu n'as pas à faire ce qu'il te demande, tu es libre maintenant.

Lorie est arrivée pile à ce moment-là, on les avait un peu perdus en route, la moto a des avantages dans la circulation urbaine. Comment allais-je leur dire que Franck était au courant pour l'argent que j'avais récupéré et qu'il me faisait chanter maintenant ?

Comment leur dire que si je ne faisais pas ce qu'il disait, on risquait tous d'avoir de gros soucis car j'avais fait d'eux mes complices ?

Que ce soit la police ou les truands, tous seraient contre nous, j'étais prise au piège et eux aussi par ma faute.

— Ambre ça va ? Je te trouve vraiment bizarre. Allez, crache le morceau, qu'est-ce qui ne va pas ?
— Franck.
— Il est en prison Ambre, tu as entendu le juge, il a été reconnu coupable et il ne reverra pas le jour avant trente ans. Arrête de t'en faire et allons fêter ça.
— Lorie, ce n'est pas fini, il est au courant pour l'argent et il me fait chanter et il a même insisté pour que j'aille le voir en prison.
— Tu ne vas pas l'écouter quand même ? N'oublie pas qui il est Ambre.
— Je sais très bien qui est Franck. Ce que je dis c'est qu'il me veut. Il m'a dit de bien garder l'argent de NOTRE transaction et que lorsqu'il sortira, je serais à ses côtés. Il en est convaincu, comme si je n'avais pas le choix… J'ai l'impression qu'il va sortir beaucoup plus vite que prévu et ce, même sans l'aide de son père. Bon sang, je

l'ai vu, Franck n'est pas du tout inquiet, pour lui, je suis déjà à lui…

— Et bien, il se trompe, tu es à moi et à moi seule. Il sait pour l'argent, et alors ? Tu crois qu'il va prendre le risque de tout déballer ? Si vraiment il te veut, il sait qu'il ne peut rien dire car ça t'enverrait sûrement dans une prison pour femme hors d'accès pour lui. Non, il bluffe, il ne dira rien.

— Je n'en suis pas aussi sûre que toi, j'ai vraiment une impression bizarre.

— Ambre, tu as peur, c'est normal, mais il ne va rien dire, pourquoi le ferait-il ?

— Lorie, il pourrait trouver un accord et obtenir une réduction de peine en parlant de l'argent que j'ai gardé, ou il aurait juste à laisser entendre que cet argent existe et laisser la police remonter jusqu'à nous, on serait décrédibilisé et le jugement serait annulé. Je ne peux pas, je ne veux pas, prendre de risque, je dois accepter d'aller le voir et essayer d'en savoir plus.

— Non, hors de question que tu l'approches.

— Mac, tu as vécu avec lui deux ans, tu crois vraiment que je peux l'éviter ? Tu as une autre solution à me proposer ? Une solution où nous aurions la certitude que nous ne risquons rien ?

Son silence voulait tout dire, la fête prévue ne se ferait pas finalement. Lorie et Stephen sont finalement reparti alors que Mac a continué d'essayer de me résonner. Malheureusement, quand j'ai quelque chose en tête… La discussion c'est donc terminé quand Mac est finalement sortie en faisant la tête. Je suis restée seule avec mes craintes et elle n'est rentrée que beaucoup plus tard. Je n'avais pas cherché à la retenir, je savais qu'elle avait besoin de marcher pour réfléchir, comment lui en vouloir alors que je ne savais pas que faire moi-même.

Quand Mac est enfin revenue, elle ne m'a pas adressé la parole et s'est enfermée dans la salle de bain alors que je restais à la fenêtre.

Un regard vers le coin de la rue, Franck n'était pas là, il n'y serait sans doute plus jamais, et dire que je m'inquiétais pour ça. Finalement, le savoir enfermé ne me rassurait pas, il restait une véritable plaie dans ma vie. J'ai appuyé ma tête contre la vitre quand soudain Bart s'est mis à grogner. Il y avait quelqu'un devant notre porte, quelqu'un qui a glissé une enveloppe en dessous. J'ai hésité un moment puis, comme Bart ne grognait plus, j'ai ouvert la porte. Personne. D'une petite voix, j'ai demandé s'il y avait quelqu'un tout en me rappelant que dans les films, les tueurs ne répondaient jamais à cette question ou que s'ils le faisaient, la personne qui avait posé la question ne finissait jamais le film. J'ai donc rapidement refermé la porte et j'ai ramassé l'enveloppe.

C'était pour moi, aucun doute vu que mon prénom y était inscrit. Je me suis demandé si je devais attendre Mac pour l'ouvrir mais comme elle faisait toujours la tête, j'ai pris sur moi. Et puis bon, c'était écrit Ambre, pas Ambre et Mac.

L'enveloppe ne contenait qu'un petit mot signé d'Antonio. Décidément, il ressemblait bien à son cousin celui-là.

« Ma chère Ambre,
Mon cousin m'a confié qu'il voulait te voir, je te propose donc d'y aller ensemble.
J'espère ainsi apprendre à mieux te connaître. Je ne te cacherais pas que je suis également très curieux de savoir pourquoi il semble si sûr que tu ne refuseras pas.
Certes, il a toujours obtenu tout ce qu'il voulait mais là, je suis vraiment impressionné.
Pourquoi le faire enfermer si c'était pour aller le voir ensuite ?

Que s'est-il passé exactement entre toi et Franck ?

Ne refuse pas de me voir, je suis gentil mais je pourrais très vite changer de façon d'agir avec toi, en commençant par exemple par laisser mon oncle lâcher ses hommes sur toi et tes amis.

Débrouille-toi pour te libérer demain pour un déjeuner en tête à tête.

Ah, j'allais oublier, évite de faire la maline, je ne suis pas Franck.

Bonne nuit.

Antonio »

J'ai froissé la feuille entre mes mains, au moins cette lettre avait le mérite de mettre les points sur les « i » et de prouver que je n'étais folle. Le souci c'était que maintenant mes problèmes ne concernaient plus seulement Franck mais toute sa famille. Je me voyais mal comment j'allais faire pour avoir la paix maintenant ?

Dire que je voulais juste vivre tranquillement avec Mac. Mac, est-ce que je devais lui dire ?

Non, impossible, si je lui parlais de mon rencard avec Antonio, elle voudrait venir avec moi. Je devais d'abord savoir ce qu'il me voulait vraiment avant de l'entrainer là-dedans. Je décidais de garder tout ça secret même si je n'aimais pas cacher des choses à ma chérie.

Bien que Mac me fasse la tête, elle m'a prise dans ses bras quand je l'ai rejointe dans notre lit. Je me suis tournée vers elle et l'ai l'embrassée tout en lui disant que j'étais désolée. Évidemment, elle n'a pas compris et m'a dit de dormir, elle n'était pas prête à ce que je voie Franck alors si je lui avais dit pour Antonio…

Quand je me suis levée, Mac n'était déjà plus là, j'ai juste trouvé un petit mot pour me dire qu'elle avait décidé de commencer plus tôt sa recherche d'emploi. Oui, c'était sans doute ça, ou alors c'était un moyen de m'éviter. La journée commençait fort. On a frappé à la porte et j'ai ouvert par automatisme, pour me retrouver face à un homme sacrément grand, alors qu'il se présentait, Bart s'est mit à grogner, son détecteur était en marche. J'ai demandé à mon visiteur de ne pas bouger mais il a forcé le passage et est entré tout en surveillant mon chien. Je l'ai vu poser la main sur sa ceinture et j'ai compris qu'il devait avoir une arme sous sa veste, un revolver sans doute. J'ai crié à Bart d'aller dans son panier pour ne pas prendre le risque qu'il lui arrive malheur. L'homme m'a alors dit de le suivre, qu'il venait de la part d'Antonio. J'ai pris ma veste et mon téléphone et l'ai suivi à l'extérieur. Une voiture noire nous attendait sur le parking, vitres teintées, évidement. Un vrai cercueil sur roue, Antonio pourrait bien me découper en rondelle sur la banquette arrière que personne n'en saurait rien. Voilà que je me remettais à psychoter comme avec Franck. Cette famille avait quand même un sacré effet sur ma santé mentale.

Je me suis installée à l'arrière, il n'y avait personne, ce qui m'a quelque peu soulagée. Nous avons roulé pendant une petite heure avant de nous arrêter devant une jolie maison que je ne connaissais pas. Sur le perron, Antonio m'a fait un beau sourire pour m'accueillir. Je me suis efforcée à rester de marbre mais j'avais vraiment peur. L'homme de main m'a poussé sans ménagement pour que j'avance.

— Bonjour Ambre, veuillez pardonner cette brute, il ne sait pas qu'il faut être doux avec une femme.
— Je croyais que nous devions nous voir pour le déjeuner. Il est à peine onze heures. Et pourquoi m'avoir fait venir jusqu'ici ? Nous aurions pu nous voir dans un lieu plus… moins isolé.
— Et si on entrait.

Je n'avais pas vraiment d'autres choix que de le suivre. La maison était plutôt spacieuse, dans la salle à manger, la table avait déjà été dressée. Antonio a tiré une chaise et m'a invité à m'asseoir. Ne souhaitant pas le contrarier pour le moment, j'ai pris place à l'endroit désigné et il s'est installé face à moi. J'allais ouvrir la bouche pour parler quand il a levé la main pour me faire taire. Nous avons donc déjeuné en silence, de quoi bien faire monter la pression. J'aurais pu apprécier les aliments si mon stress n'avait pas atteint des sommets. Une demi-heure plus tard, une femme est entrée et nous a demandé si nous avions terminé. Sur un signe de tête d'Antonio, elle est repartie en cuisine pour revenir presque aussi vite avec un petit chariot. Elle a alors déposé deux plats sur la table qui contenaient tout un assortiment de petits gâteaux puis elle a de nouveau disparu.

— Elle te plaît ?
— Oh, on a le droit de se parler maintenant ?
— Je ne voulais pas gâcher le déjeuner. Ce n'est pas le grand amour entre toi et moi, on le sait tous les deux, le silence était donc préférable à un repas tout en tension, non ? Maintenant, réponds, est-ce qu'elle te plaît cette serveuse ?
— La seule femme qui me plaît c'est Mac.
— Mackenzy. Oui, normal, cette femme plaît à tout le monde apparemment, mais elle n'est pas celle que tu crois. As-tu vu les photos ou bien te les a-t-elle cachées ?
— Je les ai vu, et alors ? C'est du passé.

— Du passé, en effet. Tu n'as pas peur qu'elle te quitte comme elle à déjà fait avec Franck, moi, ou toutes ses autres conquêtes ? Oh, tu ne savais pas pour les autres. Tu veux un petit aperçu ? Tiens, attrape.

Antonio a fait glisser un dossier sur la table que j'ai rattrapé puis il s'est servi un gâteau nappé de caramel. J'ai pris une grande inspiration puis j'ai ouvert la pochette. Une photo de Mac sur sa moto, elle était sublime, j'étais vraiment folle de ma belle rebelle, rien que de la voir sur papier glacé me donnait envie d'être avec elle. Ah, lui faire l'amour plutôt que d'être ici avec ce truand… Je me suis mise à caresser la photo alors qu'Antonio m'observait. En me voyant faire, il m'a prévenu de bien garder cette image en mémoire car les suivantes risquées de beaucoup moins me plaire. J'ai avalé ma salive avec difficulté ce qui n'a pas manqué de le faire sourire et j'ai tourné la page. Une feuille retraçant les déplacements de Mac pendant la première année où elle avait fui loin de Franck. Antonio savait donc où elle était durant tout le temps où son cousin l'avait recherchée. J'ai caché ma surprise mais dans ma tête je ne savais vraiment plus quoi penser, c'est alors que j'ai vu les autres photos où Mac dansait avec des femmes ou des hommes, elle les embrassait, les touchait…

Je me suis efforcée de garder le contrôle de mes émotions, tout ce que je voyais, c'était du passé, c'est la seule chose que je devais me dire. Le passé de Mac, et franchement, le mien étant loin d'être exemplaire, je n'avais rien à lui reprocher là-dessus.

J'ai tourné la page et cette fois, je n'ai pas pu cacher l'expression de mon visage, la photo montrait Mac dans un lit avec deux autres femmes, elle était en plein soixante-neuf avec l'une d'elle tandis que l'autre les caressait toutes les deux. Antonio m'a demandé de continuer. Sur la suivante, Mac prenait clairement son pied avec un homme…

Ok, j'en avais marre de voir ses photos, j'ai feuilleté rapidement jusqu'à la dernière page puis je lui ai lancé le dossier.

— Et alors ?

Chapitre 8

Antonio avait ce sourire sadique de celui qui sait qu'il vient de toucher une corde sensible. Il n'avait pas tort et ça m'énervait d'autant plus, mais bon, c'était le passé, je ne devais pas l'oublier, maintenant Mac était avec moi et elle est heureuse…
Même si elle me faisait la tête en ce moment…

Un petit doute a traversé mes pensées alors que je me suis souvenue qu'elle était partie tôt ce matin. Et si elle sortait en fait pour voir quelqu'un d'autre ?
Non, impossible, il fallait que j'arrête de me faire des films.
Bon, où voulait-il en venir avec son dossier débile ?

— Mackenzy ne reste jamais longtemps avec quelqu'un. Franck a été l'exception et ça n'a pas duré plus de deux ans. Penses-tu vraiment qu'elle va rester avec toi ? Pour le moment elle se sent sûrement reconnaissante, après tout, tu lui as offert une nouvelle vie, mais ça ne durera pas. Je me suis renseigné sur toi, Mackenzy est la seule femme que tu as connue, je pense que tu t'es laissé avoir par le goût de la nouveauté mais ça te passera vite. Si ça se trouve, avoir un homme dans ton lit te manque déjà, non ?

— Toi, ton dossier et tes suppositions, vous pouvez tous aller brûler en enfer, je ne...

— Écoute, je suis resté poli, j'aimerai bien que tu en fasses autant. Restons civilisés, veux-tu ? Ces petits gâteaux sont délicieux ne t'en prive pas.

— Antonio, je ne comprends pas où tu veux en venir, le déjeuner, le dossier, si tu pouvais être plus direct.

Il a repris un gâteau et m'a interrogé du regard, c'est vrai qu'ils avaient l'air bon. Je me suis laissée convaincre et en ai pris un que j'ai croqué avec plaisir, il était vraiment délicieux. Antonio a sourit et s'est déplacé à côté de moi. Il a passé son bras sur le dossier de ma chaise et je me suis mise à imaginer le pire. M'avait-il droguée lui aussi ?

Il m'a alors appris qu'il s'agissait d'une recette de sa grand-mère, j'ai tourné la tête vers lui un peu surprise qu'il ait eu envie de partager un plat familial avec moi. Sa réaction m'a étonnée encore plus puisqu'il s'est penché sur moi et m'a donné un baiser. Je l'ai aussitôt repoussé de mes deux mains et me suis retrouvée au sol alors que lui avait à peine bougé. Ça m'apprendra à ne pas faire attention à mon équilibre. Antonio a tendu la main pour m'aider à me relever mais je l'ai refusé et me suis relevée seule. J'ai reculé dans un coin loin de lui, je ne voulais pas qu'il me touche à nouveau. Un rapide coup d'œil autour de moi et j'ai repéré le vase sur la table. D'un geste, je me suis saisie de mon arme improvisée et l'ai menacé. S'il s'approchait, je n'hésiterais pas à lui lancer dessus. Menace qui l'a fait doucement rigoler.

— Excuse-moi Ambre. Pour ma défense, tu avais du caramel sur les lèvres et il ne faut pas gaspiller la nourriture n'est-ce pas ? Et puis je me suis dit qu'après Mackenzy, Franck et ton passé de prostituée, je me devais de goûter à tes lèvres moi aussi. Peut-être aurais-je dû te demander avant ?

— Approche et je t'assure que ce vase va atterrir en plein dans ta face.

— Je sais, j'aurais sans doute dû te payer d'abord mais tu sais qu'alors j'aurais voulu bien plus qu'un baiser. Au fait, as-tu apprécié de faire la prostituée ? Je demande car je peux peut-être t'aider à reprendre le travail. Tu as sûrement besoin d'argent avec Mackenzy qui ne travaille pas. Un salaire de nounou, ça ne doit pas être terrible et sur le long terme, tu feras quoi quand le bébé aura grandi ? Tu serais mieux payée en travaillant pour moi.

— Ça non, jamais plus, c'est hors de question. C'est pour ça que tu voulais me voir ? Pour devenir mon proxénète ? Désolé mais j'en ai fini avec ça.

— Bien, je ne te forcerais pas. Tu peux poser ce vase ? Bon, je croyais que c'était peut-être cet aspect de ton passé qui avait plu à Franck mais non. Je ne vais rien te faire, calme-toi. Alors, dis-moi, qu'as-tu fais pour que mon cher cousin se laisse emprisonner plutôt que de te détruire et être libre ? Qu'est-ce que tu détiens contre lui pour qu'il décide tout seul de rester en taule ? Et pourquoi exige-t-il de te voir ? Bien que la situation m'arrange puisque me voilà à la tête du réseau, je déteste ne pas comprendre ce qui se passe.

— Franchement, je n'en sais rien du tout, vous devriez lui demander. Et au passage, si vous pouviez lui dire que je ne compte pas du tout venir le voir.

— Tu as l'air si innocente Ambre, tu caches forcément quelque chose.

— Franck m'a dit que lorsqu'il sortira, je serais à lui. Il rêve, et je crois que la seule raison pour laquelle il veut me voir c'est…

— Parce qu'il en pince vraiment pour toi, oui, j'ai cru comprendre ça. Mais il aurait pu sortir bien plus vite sans son aveu. Même si nous sommes rivaux, j'aime mon cousin et je déteste savoir qu'il va être transféré dans une prison de haute sécurité alors qu'il aurait pu être libre. Pourquoi a-t-il avoué ?

— Pour moi, il a dit qu'il faisait ça pour moi. Le reste, je n'en sais rien, ok ? Maintenant dis-moi, est-ce que moi ou mes amis sommes en danger ? J'aimerai bien rentrer chez moi maintenant que vous avez vos réponses.

— Pour le moment, j'ai pu calmer mon oncle, mais on ne sait jamais, le danger est partout, surtout quand un Gomez n'est pas loin. Un conseil, si Franck te demande d'aller le voir, fait-le. Il sait se faire obéir même depuis sa prison. À ta place, je ne prendrais pas le risque de le mettre en colère. Rassure-toi, tu vas bientôt rentrer chez toi, mais pas tout de suite. Ne t'inquiète pas, tu y seras pour la fin de l'après-midi au plus tard, tu as ma parole.

Il s'est éloigné pour prendre son verre. Si je croyais ce que j'avais vu jusqu'à présent, Franck et Antonio se ressemblaient vraiment beaucoup, s'il me disait que je serais rentrée ce soir, alors je pouvais le croire. Après tout, Franck ne m'avait jamais menti. J'ai déposé le vase et me suis avancée en direction de la grande fenêtre. Pas de chiens ici, juste quelques hommes qui patrouillaient. Cette maison n'était pas la véritable résidence d'Antonio, j'en avais la conviction. Je me suis retournée en direction de la table et...

Je me suis cognée contre le torse d'Antonio. Il avait profité de mon inattention pour se glisser derrière moi. Allait-il chercher à profiter de moi comme l'avait fait Franck ?

Décidément, ils avaient vraiment les mêmes façons de faire tous les deux.

— Tu devrais parler avec Mac. Tu sais, on devait s'enfuir ensemble tous les deux à l'origine. Ça ne me dérange pas qu'elle soit avec toi maintenant, un homme c'est très différent d'une femme, et mon lit est assez grand pour vous deux.
— Euh, non merci... Et Mac m'a déjà dit qu'il n'y avait jamais rien eu de sérieux entre vous.
— Crois ce que tu veux, la vérité finira bien par éclater. Je ne vais pas te mentir Ambre, je ne sais pas pourquoi Franck te veut toi mais sache que si tu as besoin d'aide, tu peux compter sur moi. Franck n'est pas le seul à avoir des relations.

— J'ai besoin d'aide pour me débarrasser de toute votre famille, là au moins, je serais certaine de vivre en paix.

— Bien essayé. Vivre en paix après avoir fait partie de la vie d'un Gomez, ça risque d'être difficile. Soit tu restes dans la famille, soit tu fuis loin. Mais la tranquillité, il fallait y penser avant d'aider Mackenzy. Note que je te remercie de ton geste, elle compte vraiment pour moi et c'est grâce à toi qu'elle est vivante.

— Antonio, tu es toujours amoureux d'elle ? Que va dire ton oncle s'il l'apprend ? Déjà que son fils a fait le mauvais choix alors si tu t'y mets toi aussi… Il va devenir dingue non ?

— Ne t'en fait pas pour ça. Je commence à comprendre pourquoi il tient à toi, innocente et fragile à première vue mais tu es plutôt courageuse et loin d'être idiote. Tu as fait des ventes de drogues avec lui n'est-ce pas ? En fait, tu n'as pas besoin de répondre, je connais Franck, tu l'as forcément accompagné et ta réaction a dû lui plaire. Tu es sa Bonnie si j'ai bien compris alors que Mac était sa reine. Une reine, même si elle est dangereuse, agit en douce, comme Mac. Bonnie, et bien je crois que tout le monde connait l'histoire de ce couple, ta jolie frimousse cache en fait ton côté sombre. J'imagine que tu dois sûrement être pire que Franck en ce qui concerne la manipulation. Oui, vous êtes un couple à la Bonnie and Clyde et tu as réussi à l'avoir. Je devrais sûrement me méfier davantage de toi. Bien, je vais te ramener chez-toi maintenant, jolie Bonnie.

Je n'ai rien dit, de toute façon il n'y avait rien à répondre, il cherchait juste à comprendre et je n'avais nullement envie de l'y aider. Franck voulait récupérer son fric et essayait peut-être de me manipuler en me faisant croire qu'il en pinçait encore pour moi. Bonnie and Clyde, dans ses rêves oui, c'était maintenant Ambre et Mac et je n'avais pas du tout envie que ça change. Mais Antonio n'avait pas tort, la tranquillité allait être difficile à obtenir.
Difficile mais pas impossible.

Nous allions nous en sortir, nous n'avions pas le choix si nous voulions vivre normalement. Je n'allais pas les laisser m'éloigner de Mac.

Antonio est retourné se mettre assis à sa place et une serveuse est apparue, il lui a demandé une boite dans laquelle il a mis plusieurs gâteaux puis il me l'a tendue. Notre entretient étant fini, il m'a raccompagné jusqu'à la voiture. Pas de bandeau sur les yeux cette fois-ci, visiblement il n'avait pas peur que je puisse le retrouver.

Antonio m'a raccompagné lui-même, nous avons fait la route en silence. La voiture arrêtée, il est venu pour m'ouvrir la portière en vrai gentleman et je me suis dit que si Franck et lui n'avaient pas été des truands, ils auraient sans doute été proches de la perfection. Antonio m'a raccompagné jusqu'à la porte d'entrée, ce n'était vraiment pas la peine et il le savait très bien. Alors que j'insérais ma clé il m'a dit d'être prête pour lundi, neuf heures, il viendrait pour m'emmener voir Franck.

Non, je ne voulais pas aller le voir, c'était donc si difficile que ça à comprendre pour eux ?
Antonio m'a alors rappelé que s'il devait venir me tirer par la peau des fesses, il le ferait avec grand plaisir. J'ai grimacé quand il a accompagné ces mots d'une tape sur la partie de mon anatomie qu'il venait juste de mentionner.

Bart m'attendait derrière la porte quand je suis entrée. J'ai déposé la boite de gâteau sur la table tout en cherchant Mac du regard. Rien, pas même un petit mot, dommage ou tant mieux car je n'avais aucune idée de l'excuse que j'aurais pu lui donner quant à mon absence et je me voyais mal lui dire que j'étais avec l'ennemi.

J'ai pris mon téléphone et je lui ai envoyé un message.

« Où es-tu ?

Comment ce sont passés tes entretiens aujourd'hui ?

Tu me manques. »

Pas de réponse.

Je me suis mise à repenser à toutes ces photos, et si Antonio avait raison ?

Et si elle avait trouvé quelqu'un d'autre ?

Non, non, dès qu'elle rentrerait on allait devoir discuter, pas le choix j'avais besoin de savoir. Malheureusement, elle est rentrée très tard et je me suis endormie dans le fauteuil bien avant de la voir, elle n'a même pas pris la peine de me réveiller et j'ai passé la nuit dans le salon sans même m'en rendre compte. Le réveil fut douloureux, j'allais passer la journée avec un beau torticolis, c'était le prix à payer pour avoir dormi dans de drôles de positions. J'ai préparé le petit déjeuner en espérant que tout se passerait bien et j'ai mis une petite musique pour aider. J'étais en train de me déhancher au rythme des accords quand j'ai senti les mains de Mac se poser sur moi. C'est là qu'en me retournant, j'ai vu le visage de ma belle, qui pour le coup ne l'était plus tant.

— Mince, mais qu'est-ce qui s'est passé Mac ?

— Rien, ne t'inquiète pas.
— Rien ? Tu appelles ça rien ? Un œil au beurre noir, une pommette qui vire au violet, une lèvre fendue… Mac ?
— Si tu voyais la tête de l'autre, je n'ai rien du tout à côté. Ça va, ne t'inquiète pas pour moi.

Si, je m'inquiétais pour elle, et je voulais une explication aussi je ne bougeais pas. Finalement Mac a cédé et elle m'a expliqué qu'elle s'était battue.

— Sans rire Sherlock, je n'avais pas deviné toute seule. Ce que je voudrais savoir c'est pourquoi ?

Mac s'est faite hésitante avant de m'avouer finalement qu'elle se livrait à des combats clandestins. Elle a cru me rassurer en me précisant qu'elle avait gagné et qu'en plus de nombreux bleus, son adversaire allait devoir changer de coupe de cheveux tant elle lui en avait arraché. Sa remarque ne m'a pas du tout fait rire. Mais pourquoi faisait-elle ça ?
À quoi ça lui servait ?

— J'avais besoin de me défouler, les entretiens pour le boulot ne mènent à rien et avec l'histoire de Franck…

Je n'ai pas cherché, je suis tombée sur des combats et je me suis inscrite. Désolée, je sais que ce n'est pas une bonne réaction, mais c'est ma façon de réagir à toute cette merde. Promis, je ne le ferai plus. Tu m'en veux ?

— Tu as préféré aller te battre plutôt que de parler avec moi, tu m'as laissée dormir seule dans le salon… Oui, je devrais te faire la tête.

— Tu n'y arriveras pas, du moins pas longtemps.

— Tu en es sûre ?

Mac m'a fait signe que oui de la tête et a commencé à me chatouiller. Je n'ai jamais su résister aux chatouilles, c'était déloyal. Je me suis dégagée et j'ai fait le tour de la table pour la fuir. On s'est mise à rigoler et elle m'a finalement rattrapée. Elle m'a prise dans ses bras et je n'ai rien fait pour me libérer, prisonnière volontaire de ses bras. Alors que ses bras étaient autour de moi, j'ai glissé mes mains dans mon dos jusqu'à pouvoir toucher son ventre puis j'ai passé mes doigts sous son pyjama short. J'ai rapidement trouvé le chemin entre ses cuisses et j'ai profité de ma position pour caresser ses lèvres chaudes. Je les ai écartées un peu et mes doigts ont glissé sur sa vulve provoquant un gémissement de sa part au creux de mon oreille.

— Qui de nous deux va craquer la première finalement ?

Mac était à moi. Je me suis tournée vers elle, toujours en jouant de mes doigts sur son intimité, mon visage à quelques centimètres du sien, nos lèvres étaient prêtes à se toucher mais je lui ai refusé ce baiser et me suis contentée d'un petit coup de langue sur sa bouche avant de me reculer un peu.

— Tu veux jouer Ambre ?
— Non, juste te torturer Mac. Du moins jusqu'à ce que j'entende une certaine phrase de ta part.
— Hum, alors je devrais peut-être faire la difficile.
— J'espère bien.

Mac a souri, mais j'étais sérieuse, je voulais l'entendre, je voulais être sûre d'être la seule pour elle, je devais savoir qu'elle était à moi. Tout en maintenant ma main en place dans son short, je l'ai entraînée avec moi dans le salon puis je l'ai déshabillée et l'ai poussée dans le fauteuil avant de me mettre à genoux devant elle.

— Oh mon dieu, bénissez cette femme qui me fait tant d'effet.

Elle a rigolé en entendant ma phrase aussi l'ai-je punie en glissant mes doigts plus loin entre ses cuisses. J'ai pincé entre mes doigts son clitoris, pas très fort, tout en délicatesse afin qu'elle éprouve du plaisir, ce qui n'a pas manqué comme me le confirmait le petit cri de plaisir qu'elle venait de laisser s'échapper. Mon autre main est alors passée sous son débardeur et a pincé son téton tout aussi délicatement. J'ai caressé sa belle poitrine alors que mes doigts commençaient leur va et vient. Mac a resserré les jambes en gémissant, elle appréciait mes efforts de toute évidence. Du pouce, j'ai taquiné son clitoris tout en accélérant la cadence de mes autres doigts. Sa respiration a changé et ses gémissements se sont fait plus intenses. C'est à ce moment-là que…

Je me suis arrêtée. Mac a ouvert les yeux, surprise, et je l'ai embrassée à pleine bouche, nos langues se sont aussitôt misent à danser ensemble. Ma belle rebelle a essayé de me toucher mais j'ai retenu sa main et me suis décollée de ses lèvres.

— Non, non, non. Toi, pas toucher.
— Tu n'es pas sérieuse là ?

Pour toute réponse, j'ai attrapé ses deux mains pour l'immobiliser pendant que je me suis mise à l'embrasser dans le cou. Un sourire malicieux s'est dessiné sur mon visage alors que je la torturais de la sorte. J'ai attrapé le lobe de son oreille entre mes dents et l'ai mordillé. Je suis revenue devant Mac et cette fois, c'est sa lèvre inférieure que j'ai taquinée. Elle a tenté de se rapprocher de mon visage pour m'embrasser mais je me suis défilée et avec un sourire elle m'a fait signe qu'elle abandonnait. J'ai alors posé un doux baiser sur son cocard, hélas les bisous magiques ne fonctionnent que dans les histoires d'enfants et malgré ce traitement, ma belle allait souffrir encore un moment. J'avais envie de la torturer davantage aussi suis-je passée aux choses sérieuses. J'ai soulevé son débardeur et j'ai glissé ma tête en dessous. Là, ma langue est venue naturellement titiller son téton, puis je l'ai gobé. Mes doigts ont recommencé à jouer avec ma belle amante, effleurant la peau de son ventre, puis de ses hanches et provoquant de petits frémissements de plaisir chez Mac. J'ai de nouveau écarté ses cuisses et j'ai commencé à descendre tout en l'embrassant. Sortie de sous son vêtement, j'ai pu voir qu'elle avait fermé les yeux sous le plaisir que mes caresses et mes baisers lui procuraient. Exactement le genre de réaction dont j'avais besoin pour m'inciter à continuer. Arrivée entre ses cuisses, je ne pus me retenir de lui faire un suçon là où

sa chair était si tendre, avant de me mettre à lécher ses lèvres déjà bien trempées de désir. J'ai glissé deux doigts en elle alors que ma langue faisait de petits cercles sur son clitoris. Mac a posé une main sur ma tête pour m'inciter à continuer et...
J'ai commencé à ralentir.

La réaction de Mac ne s'est pas fait attendre et elle a vite protesté, me disant de ne pas m'arrêter. Mais j'avais envie d'être sadique avec elle et de lui imposer mon choix. J'ai fait glisser un autre de mes doigts en elle mais j'ai continué mes mouvements lents. J'ai relevé légèrement la tête pour l'observer alors qu'elle ne disait plus rien, sa bouche était entre-ouverte et son autre main serrait le coussin si fort que je pouvais voir ses phalanges blanchir. Ma torture produisait son effet, j'ai aspiré délicatement son clitoris entre mes lèvres et l'ai relâché pour mieux recommencer tout en suivant le même rythme que mes doigts. Mac tait parcourue de tremblement, ce qui n'était pas pour me déplaire.

— Ambre, s'il te plaît...

J'ai continué en appuyant un peu plus sur mes doigts afin qu'elle me sente bien au fond d'elle. Je l'ai torturé ainsi quelques minutes encore puis j'ai accéléré le mouvement. Alors, ses muscles se sont crispés et elle a jouit en gémissant. Heureusement que les murs étaient épais sinon le voisinage aurait immédiatement su ce que nous faisions. Je me suis posée auprès d'elle et l'ai regardée reprendre son souffle, qu'elle était belle. Elle a ouvert les yeux et m'a souri.

— Je ne t'ai pas trop torturée ?
— Je suis toute à toi, fais de moi ce que tu veux quand tu veux, du moment que ça dure toute notre vie.

J'avais juste besoin de ça, d'être sûr qu'elle ne pensait pas à partir. Elle était vraiment à moi, cette femme magnifique était avec moi. Je l'ai embrassée et c'est là qu'elle a remarqué une larme sur ma joue. Ce n'était pas vraiment la réaction qu'elle attendait aussi m'a-t-elle questionnée. Je lui ai alors avoué que j'avais besoin d'être rassurée et elle m'a serrée dans ses bras avant de coller son front au mien et de me dire qu'elle serait toujours là, quoi qu'il arrive, même si on se fâcherait sans doute encore, elle ne me quitterait jamais...

Chapitre 9

Rassurée, je l'ai conduit dans la cuisine pour prendre notre petit déjeuner en amoureuse. J'ai posé les gâteaux d'Antonio sur la table, après tout ce n'étaient que des gâteaux, pas de raison de m'en priver parce qu'ils venaient de la famille Gomez, puis j'ai apporté le café et me suis installée. À peine Mac avait-elle croqué dans un des gâteaux que j'ai pu voir son expression changer.

— Quand est-ce que tu as vu Antonio ?
— C'est le gâteau qui a parlé ? Je l'ai vu hier, on a déjeuné ensemble. Franck veut me voir, tu le sais, et il a demandé à Antonio de me conduire à lui dès lundi. Antonio est venu me voir car il voulait savoir ce que son cousin me voulait.
— Évite-le.
— Tu as entendu quand j'ai dit que lundi…
— Oui et je maintiens ce que j'ai dit : évite-le. Antonio est un dragueur et, comme je te l'ai déjà dit, tout ce que possède Franck, Antonio le veut, et tu es sur le tableau

de chasse de Franck. Tu ne vas pas tomber dans le panneau quand même ?

— Non, je ne suis pas comme ça. Mais toi, tu as bien cédé, et ce n'était pas rien puisque tu devais t'enfuir avec lui. Et oui, il m'en a parlé, je pensais que ce n'était pas sérieux entre vous Mac, pourquoi me l'avoir caché ? Et puis les plans à trois, c'est ton truc où je te suffis ? Antonio a tout un dossier sur toi qu'il s'est empressé de me montrer. Tout le temps que tu étais avec Franck et même jusqu'à ce que nos routes se croisent, Antonio savait parfaitement où et avec qui tu étais. Alors, oui, c'est le passé, mais quand même, j'aurais bien aimé que tu m'en parles. Tu ne t'es pas dit que, peut-être, j'avais besoin de savoir ?

— Je comprends mieux ta façon d'agir ce matin. J'espère que tu es rassurée maintenant, non ? Antonio m'a un peu aidé à m'enfuir, oui. Je lui avais fait croire que je le retrouverai quand tout serait plus calme, mais tu me vois vraiment rester avec lui ? Tous les Gomez sont pareils, j'en ai fui un, ce n'était certainement pas pour aller en retrouver un autre. Pour les plans à trois, tu n'as vraiment pas à t'en faire pour ça Ambre, tu me comble parfaitement. Fais confiance.

— Antonio a réussi à me mettre le doute tu sais, je me suis même dit que peut-être vous deux vous aviez tout planifié, que tu allais me laisser tomber et fuir avec lui une fois que nous aurions partagé l'argent. Bon sang, j'ai même imaginé que tu pouvais nous avoir tous roulés et que tu allais fuir seule… Antonio m'a dit que tu ne restais jamais longtemps avec une personne, j'ai peur de te perdre…

— Ok Ambre, réponds simplement à ma question : as-tu confiance en moi ?

J'ai hésité à répondre, est-ce qu'elle disait ça pour me mettre à l'épreuve ou bien pour me manipuler et s'assurer que son plan tenait toujours la route ?

J'ai soupiré et j'ai répondu que oui, je lui faisais confiance, que je n'avais pas envie de penser que tout pouvait s'arrêter entre nous, et j'avais encore moins envie de croire qu'elle ait pût être capable de me manipuler.

Mac a terminé son morceau de gâteau non sans gourmandise puis elle est venue auprès de moi.

— On ne sera jamais débarrassées des Gomez. C'est comme ça, on n'a plus à s'enfuir mais ils seront toujours présents. On a fait face ensemble une première fois, on fera face ensemble pour le reste de nos vies… Ne doute jamais de moi, de nous. Antonio est jaloux, il me croit à lui comme Franck croit que tu es à lui, c'est pour ça qu'il tente de mettre le doute mais on est plus forte que ça.

— Tu as raison, ils sont forts pour manipuler les gens mais ils ne réussiront pas à nous séparer… Mais je dois quand même aller voir Franck, je ne veux pas que tout s'écroule.

— Je n'aime pas ça, surtout avec Antonio dans les pattes, est-ce qu'il sait pour l'argent lui ?

— Aucune idée, mais je ne vais pas en parler devant lui. Si Franck lui a dit, je le saurais bien assez tôt… Mac, je suis désolée d'avoir douté de toi…

— Si tu m'embrasses et que tu me promets de ne pas recommencer alors, tu es pardonnée.

Je ne me suis pas fait prier et j'ai attrapé son visage entre mes mains, je me suis excusée et j'ai posé ma bouche sur la sienne.

Affaire réglée, nous avons fini de manger les derniers gâteaux. Mac m'a alors expliqué que la grand-mère d'Antonio avait un petit truc dans sa recette qui rendait ses gâteaux irrésistibles et reconnaissables entre tous. C'était ainsi que j'ai compris que Mac avait déjà rencontré Espéranza Gomez. Franck lui avait fait suffisamment confiance pour lui confier ces secrets mais aussi pour la présenter à sa famille.

— Dis-moi Mac, tu comptes rester comme ça toute la journée ?
— Tu aimerais bien hein ? Mais je ne suis pas sûre que tu arriverais à te tenir correctement.
— Hum… Voir tes fesses se balader toute la journée devant moi, voilà un merveilleux programme pour un dimanche. Tu pourrais même enlever ton haut, non ? Juste pour être sûre de ne faire aucun Fashion faux pas.
— Tu as trop regardé cette émission à la télé toi, et non, je vais m'habiller avant que tu ne me sautes dessus à nouveau.
— Tu sais que « Les reines du shopping » c'est super marrant ? Voir toutes ces femmes qui paniquent pour être au top sur un thème imposé et dans un temps limité, moi, ça me fait vraiment rire. Et puis Cristina Cordula donne quand même de bons conseils. Conseils que je ne suis pas, je te l'accorde, mais quand même. Et puis il y a sa façon de parler, avec son accent et ses mimiques.

Attends, attends, je te le fais : magnifaiiique ma chérie… Tout ça pour dire que tu devrais écouter mon conseil, j'ai assez regardé l'émission pour te dire que si tu gardes ton débardeur, ça n'ira pas du tout avec tes fesses nues. Alors, enlève-le.

Elle a éclaté de rire. Je dois avouer que ma façon de m'y prendre pour la convaincre de céder à mes pulsions lubriques était un peu limite. Du coup je me suis mise à rire également, puis je me suis souvenue de ce qu'on dit sur les femmes qui rient, et mon rire s'est changé en fou rire…

La sonnerie de mon téléphone est venue interrompre ce petit moment de folie et mettre fin à mes projets de lui voler ses vêtements afin de l'empêcher de s'habiller…

— Allô ! Carlos ? Non, non… Qu'est-ce qui a ? non ce n'était pas important… Oui, je sais… Non, je m'inquiète trop, désolée, je n'ai pas envie que tu aies des soucis... Oui, je sais, mais je t'assure que c'est moi qui me fais des films... Oui, maintenant que Franck est enfermé, ma vie va reprendre son cours normal... Au fait, le kiné est d'accord, je peux reprendre le travail à la fin du mois. Annie me manque... Ha ha ha, Carlos, ne dis pas ça ou

Nadine va te tuer... Promis, si vraiment il se passe quelque chose, je vous en parle… Oui, je pense que c'est une bonne idée. Merci et à tout à l'heure.

Mac est sortie de la chambre, habillée, pour mon plus grand désespoir et je lui ai annoncé qu'on allait faire un pique-nique avec Carlos. C'est lui qui venait d'appeler pour être sûr que nous étions là. J'ai passé sous silence le fait que Carlos voulait aussi savoir sur qui je souhaitais qu'il fasse des recherches, Mac n'avait pas besoin de savoir que je flippais autant. J'ai donné à manger à Bart qui commençait à s'habituer à nos nouveaux horaires farfelus. Comprenant que nous allions sortir, il a sauté de joie dans tout l'appartement, évidement, il allait venir avec nous, ça lui ferait du bien à lui aussi un peu d'air frais.

Alors qu'on terminait de se préparer, quelqu'un a frappé à la porte. J'ai regardé Mac qui m'a confirmé d'un geste des épaules que nous n'attendions personne, petit moment de panique alors que je me suis dirigée vers la porte, m'attendant à voir Antonio ou un de ses hommes…

Mais ce n'était que Lorie, toujours aussi souriante.

— Vous en faites une tête, vous attendiez quelqu'un d'autre ?

— Heu, non. Tu es seule ? Où est Stephen ?

— Il nous attend, on est déjà en retard.

— En retard ? Oh merde, j'avais oublié, désolée. Je viens d'avoir Carlos au téléphone et…

— Le pique-nique. Oui, je sais, il m'a appelé aussi. Ne t'inquiète pas, on devrait avoir le temps de faire les deux. Mac s'y connaît en voiture non ? Alors ça ira vite. Allez, en route, Stephen nous attend. Je suppose que ce sac est pour Carlos, je le mets dans la voiture et vous nous suivez en moto ?

Avec Mac, nous avons approuvé en cœur, je crois que nous aimons la moto autant l'une que l'autre et toutes les occasions sont bonnes pour faire un tour. Lorie allait enfin lâcher sa vieille Twingo de mémé, elle s'était enfin décidée, il faut dire que l'énorme nuage de fumée noir qui était sortie du capot juste en passant devant un cimetière avait été un signe sur lequel nous avions tous sauté pour la convaincre. Bref, la Twingo était morte et Lorie avait pleuré pendant deux jours sa voiture avant de se ressaisir et d'en chercher une nouvelle susceptible de lui plaire, une chose presque impossible. Et voilà comment je me suis piégée toute seule en lui promettant de venir avec elle. Heureusement Mac était avec moi et ça devrait bien nous faciliter les choses.

Sur la moto, je me suis collée contre Mac et ce n'est pas peu de le dire, j'étais bien plus serrée contre son corps que d'habitude.

— Ça va Ambre ?
— Oui, très bien. J'ai loupé l'occasion de te voir nue toute la journée alors je me rattrape en me collant bien à toi pour mieux sentir tes fesses.

Je sais qu'elle a souri avant de mettre le contact. La moto a démarré et le ronflement du moteur m'a fait vibrer comme à chaque fois. L'air qui a balayé mon visage m'a offert un sentiment de liberté que seuls les motards connaissent.
Oui, j'adore la moto.

Nous avons dû faire pas loin d'une heure trente de route avant de nous retrouver sur un parking. Je n'étais pas vraiment rassurée et je l'ai dit à Mac. Franck avait réalisé une vente ici. Mac m'a alors pris la main et m'a fait comprendre qu'elle ne me lâcherait pas, on affronterait les difficultés ensemble.

Un peu plus loin, nous avons aperçu deux voitures et nous nous sommes approchées. Pas de doute, c'était la voiture que Lorie avait choisie à en croire les bonds qu'elle faisait autour. Elle avait hâte de voir l'intérieur mais Stephen lui a rappelé qu'il fallait déjà commencer par vérifier les papiers et aussi l'extérieur, voir si tout était correct. Lorie de bonne humeur, c'est une boule d'énergie qui contamine tout ce qu'elle approche et du coup tout le monde avait le sourire pour cette transaction, ce qui m'a permis de me détendre un peu. Les deux inconnus qui étaient sortis des voitures un peu plus tôt se sont rapprochés en souriant et ont entamé la conversation.

— Bonjour vous êtes mademoiselle Clarck ?
— Oui, c'est bien moi, je suis venue avec mes amis. Qui est monsieur Richards ?
— C'est moi. Je vous laisse regarder la voiture et si vous avez des questions, j'y répondrais. Comme je vous l'ai dit au téléphone, je la vends moins cher vu que la porte du côté droit est un peu enfoncée.

Mac en a profité pour lui poser quelques questions.

— C'est une essence un litre six Vti ? quatre cylindres ?

Le mec a acquiescé. Mac s'y connaissait et voulait montrer ainsi que nous ne laisserions pas Lorie acheter n'importe quoi. Elle a ensuite fait le tour de la voiture pendant que Lorie regardait l'intérieur avec Stephen. Elle m'a finalement lâché la main afin de pouvoir ouvrir le capot et vérifier l'état du moteur. J'ai remarqué l'autre gars se rapprocher de son ami, ils ont échangé quelques mots puis ce sont mis à nous fixer avec Mac.

— Pardon mais, vous êtes les filles qui ont arrêtées le trafiquant de drogue, non ?

Mac a relevé la tête, les deux mains toujours posées sur la voiture mais à son regard j'ai vu qu'elle était prête à en découdre au besoin. Lorie est sortie de la voiture en entendant la question et d'un coup, la bonne humeur s'est transformée en une tension palpable.

— C'est trop génial. On pourrait avoir un autographe ? Enfin si ça ne vous dérange pas bien sûr.
— Avant, explique-moi pourquoi ta voiture est enfoncée sur le côté ? Et pourquoi tu veux t'en débarrasser ? À

première vue, elle a l'air d'être impeccable, c'est quoi le problème ? Et ne ment pas, tu nous as reconnu, tu sais donc qu'on pourra facilement te retrouver si tu nous arnaque.

Si je ne connaissais pas Mac je crois que j'aurais eu peur. Elle avait pris son regard de guerrière qui, s'il intimide les autres, me donne juste envie de me jeter sur elle. Elle a refermé le capot et le bruit a résonné dans le parking vide. Les deux jeunes gars n'avaient pas l'air particulièrement à l'aise et du coup j'ai commencé à imaginer le pire. C'est plus fort que moi, je dramatise sans arrêt. Avaient-ils tué quelqu'un et ils se débarrassaient de la voiture devenue trop facilement identifiable ?

Je les ai observés à mon tour plus en détail, ils avaient l'air d'avoir tout juste dix-huit ans. Dans quelle galère avaient-ils pu se mettre ?

Stephen leur a dit qu'on attendait leur réponse sinon Lorie n'achèterait pas la voiture, il a précisé que si nous devions vérifier auprès de la police si la voiture n'était pas recherchée, nous le ferions. Lorie est restée silencieuse, je voyais bien qu'elle avait complètement craquée pour cette voiture. Il faut reconnaître qu'elle était vraiment chouette cette DS3 cabriolée violette.

— Bon, tu réponds où on se casse ? Dit Mac en haussant légèrement le ton.
— Ma mère m'oblige à la vendre… J'ai fait l'idiot et j'ai eu un accident et elle est venue me récupérer au commissariat. J'avais trop bu et j'ai percuté un motard, d'où la porte enfoncée. Oh, rien de trop grave, comme il pleuvait, on ne roulait pas trop vite ce jour-là. Personne n'est mort, je vous jure, vous pouvez vérifier. On ne voulait pas vous mentir, c'est juste que… Je ne suis pas trop fier de moi sur ce coup… Bref, ma mère a dit que l'argent de la vente allait servir à dédommager le motard pour les réparations sur sa moto et elle m'a laissé juste un mois pour trouver un acheteur. Après ça, je devrais me débrouiller pour trouver du fric moi-même et elle mettra ma voiture à la casse.
— Aie, dur… Bon, envois les clés que l'on essaie la voiture avant de te donner notre réponse.

Il s'est exécuté et Lorie s'est empressée d'aller se mettre au volant, une vraie gamine. Mac lui a conseillé d'y aller doucement avec les cent vingt chevaux du moteur, ça allait la changer de la Twingo. Nous avons vu la voiture partir pour un petit tour du quartier. Les jeunes en ont profité pour nous redemander nos autographes et nous ont tendu un petit carnet.

— Richards, c'est français comme nom.
— Oui, ma mère et moi nous sommes français. Je m'appelle Jérémie Richards et lui c'est Lucas Reed. On a déménagé ici il y a un an.
— Ok, je comprends mieux, je trouvais ça étrange aussi, une Citroën, ce n'est pas une voiture qu'on trouve facilement ici.

Je les ai écoutés parler, ils avaient l'air d'être de gentils garçons finalement. Nos deux tourtereaux sont alors arrivés et en voyant sortir Lorie, j'ai compris que l'affaire était déjà conclue. Du regard, elle a interrogé Mac qui lui a fait un grand sourire tout en opinant du chef. Lorie a sauté de joie d'abord puis au cou de Stephen ensuite. Tout était ok et ils ont remplis les papiers. Lorie a ensuite payé la somme convenue au jeune qui l'a remerciée et est reparti en souriant. Ce sourire, ce n'était pas dû à la vente de son automobile mais à notre rencontre, visiblement avoir croisé les dingues les plus connus du moment lui avait plu.

— Bon Lorie, pour la porte, je sais comment t'arranger ça. Je passe demain si tu veux comme Ambre a un rendez-vous, j'aurais le temps de t'arranger ça, OK ?
— C'est vrai ? Tu es sérieuse ? Oouuiiiiiii, je dis oui.
— Ce n'est pas tout mais, Carlos nous attend, on va être en retard si on continu.

Lorie, au volant de sa belle voiture, a ouvert la route, suivi de Stephen. Avec Mac, Nous prenons quelques secondes avant de les suivre. Elle m'a expliqué que ce n'était pas l'endroit qui était terrifiant, c'était les personnes qui y étaient présentes qui changeaient l'atmosphère du lieu. Mac a attrapé une de mes mains et m'a forcée à tourner sur moi-même pour me ramener contre elle. Elle avait raison, à cet instant précis, je ne sentais pas le danger, loin de là, je la sentais elle, je sentais la chaleur de mon corps, je sentais l'amour que nous avions l'une pour l'autre. Nous nous sommes embrassées passionnément avant de reprendre la route.

À peine arrivée sur place, j'ai couru vers la petite Annie, impossible de résister à cette petite bouille.

— Tu lui manques et je t'assure qu'elle nous le fait comprendre.
— Vivement la fin du mois alors. Carlos n'est pas là, Nadine ? Tu l'as finalement tué ?

Tous m'ont regardé sans comprendre mais Nadine et moi étions déjà en train de rire de notre private joke. Afin que nos amis en profitent, je leur ai expliqué que Carlos avait osé dire au téléphone que supporter sa belle-mère était un enfer, que même Annie en avait marre, ce à quoi je lui avais répondu que Nadine allait le tuer si elle l'entendait parler ainsi de sa mère. C'est là qu'on l'a tous vu arriver avec le pain. Après les échanges de politesse, Carlos s'est intéressé au visage de Mac et nous avons dû lui en expliquer les causes. Le pique-nique nous fait du bien et on a passé un bon moment à rigoler tous ensemble. Un moment d'autant plus agréable que je ne pensais pas pouvoir vivre ça à nouveau, et c'était encore mieux maintenant que Mac était avec moi. Le repas terminé, je me suis proposée pour faire dormir Annie, je me suis éloignée un peu du groupe pour les laisser parler tranquillement et j'ai marché un peu tout en berçant la petite puce, tout était parfait.

Chapitre 10

Après plusieurs minutes la petite s'est endormie, je n'avais pas perdu la main, j'étais plutôt fière de moi. J'allais retourner auprès des autres quand j'ai vu Danny qui me faisait des signes.
Mais qu'est-ce qu'il faisait là lui ?
Il s'est approché en souriant.

— Tu me suis ?
— Non, je suis en vacances alors je me promène, je t'ai vu et… Non, je ne sais pas mentir, tu as raison, je t'espionnais.
— Danny, tu n'as jamais su mentir, pourquoi tu m'espionnes ?
— Ben en fait, quand je t'ai vu aux infos, je me suis dit que ce n'était pas possible, toi avec une femme… Alors j'ai eu envie de voir ça de mes propres yeux. Tu es vraiment en couple avec elle ?

— Oui Danny, et Mac est la meilleure chose qui me soit jamais arrivée.

— Ouais... La meilleure ? Tu en es sûre ? Car prendre une balle, voir son passé dévoilé à la télévision, être en plein cœur d'une histoire de trafic de drogues... Je n'appelle pas ça le meilleur moi... Sérieusement Ambre, j'ai toujours pensé qu'un jour tu me reviendrais, tu es partie sans rien dire et j'ai perdu la seule nana qui savait tout de moi, je nous voyais ensemble, tu sais, après le lycée, je nous imaginais mari et femme. Quand j'ai appris pour ta mère, j'ai compris qu'il te faudrait du temps... Mais là, ça va faire cinq ans... Et te voir à la télé, ça m'a forcé à ouvrir les yeux, tu n'allais jamais me revenir... Tu es vraiment bien avec cette fille ?

— Je suis désolée Danny, je ne pouvais plus rester, tout me rappelait la mort de maman... Et puis, je ne voulais pas avoir à croiser les hommes avec qui je... Je devais partir. Et oui, je suis vraiment bien avec Mac. Je suis désolée pour toi, je...

— Non, laisses tomber, tu ne pouvais pas savoir ce que j'éprouvais pour toi. Si tu es heureuse, c'est le principal. Je vais repartir d'ici quelques jours, j'espère qu'on pourra se revoir avant. Tiens, voilà mon numéro. Cette fois, donne-moi de tes nouvelles, d'accord ?

J'ai fait signe oui de la tête et il est reparti comme il était venu. C'était vrai, je ne lui avais rien dit quand j'avais quitté la ville, je n'avais même jamais pris la peine de lui donner la moindre nouvelle, j'avais coupé tout contact avec mon passé sans penser que je pouvais faire souffrir certaines personnes. Danny était le seul garçon en qui j'avais eu confiance, c'était le gardien de mes secrets, et pourtant, je l'avais lâchement abandonné. Je ne pus m'empêcher de ressentir un pincement au cœur en y repensant, j'avais été égoïste.

J'ai déposé la petite dans sa poussette et suis revenue auprès de mes amis. Mac m'a prise par la main à peine arrivée, elle voulait être un peu seule avec moi. Nous sommes allées marcher le long du sentier des coureurs. Nos pas nous ont conduit pile à l'endroit où Mac m'avait demandé de fuir la première fois. Les souvenirs revenaient et mon cœur s'est emballé en ressentant à nouveau toutes ses sensations. La peur de perdre Mac que j'avais ressentie alors était toujours en moi. Mais c'était aussi cette peur qui m'avait permis de comprendre que Mac tenait déjà une place importante dans ma vie. J'ai attrapé ma belle par la taille et l'ai tirée vers moi. Les yeux dans les yeux, j'avais l'impression que plus rien n'existait autour de nous, nous ne parlons pas, nos regards suffisent pour dire à quel point on est bien à ce moment précis…

Bart ne semblait pas du même avis et tirait sur sa laisse afin de pouvoir courir partout librement. Chacun son truc, je l'ai donc libéré de son entrave pendant que Mac et moi nous faisions des câlins. Il était heureux de pouvoir gambader à sa guise et Mac en a profité pour m'embrasser librement. J'ai compris que ce baiser ne lui suffirait pas quand elle m'a attirée en direction des bois…

Elle m'a plaquée contre un arbre puis a plongé sa tête dans mon cou. J'ai senti ses lèvres sur ma peau, l'odeur de son parfum a envahi mes narines, j'ai fermé les yeux pour pouvoir apprécier pleinement chacun des baisers qu'elle déposait tendrement. Elle avait d'autres projets et a commencé à descendre de plus en plus bas, elle ne voulait pas perdre de temps, nous savions que l'on pouvait nous surprendre et pour être franche, ça ne faisait qu'augmenter le désir au creux de mon ventre…

Mac a déboutonné mon short jeans et l'a fait tomber au sol en même temps que ma culotte, elle a glissé ses doigts en moi tout en me regardant avec surprise, oui, j'étais déjà trempée, ses baisers m'avaient fait de l'effet. Elle a regardé autour de nous, a enlevé sa veste et l'a posée au sol puis elle m'a poussée délicatement afin que je m'allonge. Je n'ai pas refusé, plus rien ne comptait à part elle et moi, son corps et le mien. J'ai savouré la sensation de ses doigts entre mes lèvres humides de plaisir, j'ai apprécié sentir sa bouche sur la mienne, sa langue jouant avec ma langue...

Ses doigts se sont enfoncés en moi et j'ai gémis entre ses lèvres afin de ne pas alerter d'éventuels promeneurs. Mes mains se sont glissées sous son t-shirt et ont caressé sa peau avant de remonter jusqu'à ses seins pour les prendre fermement. Mac a posé son pouce sur mon clitoris et l'a caressé en suivant le rythme de ses doigts qui s'enfonçaient de plus en plus vite en moi. Je n'allais pas tenir longtemps à ce rythme et j'avais de plus en plus de mal à retenir mes gémissements. La bouche de ma belle a quitté mes lèvres pour venir se placer juste au-dessus de mon pubis. Son souffle chaud sur ma peau m'a procuré de doux frissons, ses doigts toujours en moi, elle a donné un coup de langue sur mon clitoris et j'ai gémis en prononçant son prénom. Le plaisir me faisait perdre toute retenue, Mac m'a léchée, aspirée, sans arrêter ses mouvements de va et vient. L'orgasme m'a emportée et je me suis déversée sur ses doigts sans pouvoir retenir mes cris de plaisir, mes ongles plantés dans sa peau. Elle m'a donné un doux baiser et m'a laissé reprendre ma respiration et mes esprits.

— Tu es magnifique Ambre, surtout dans ces moments-là, mais tu n'as pas été des plus discrète, il serait préférable que tu remettes tes vêtements rapidement, je tiens à rester la seule à profiter de ton corps nu.
— Je n'ai pas voulu être silencieuse, c'est excitant de savoir qu'on peut être découverte. Mais tu as raison et puis, on doit retrouver Bart.

Je me suis rhabillée sous le regard de Mac qui en a plus que profité pour parcourir la moindre parcelle de mon corps. Elle m'a prise dans ses bras pour m'embrasser une dernière fois avant de retourner sur le sentier. Nous n'avons pas tardé à retrouver mon Bart qui s'amusait avec un gros bâton qu'il avait ramassé dans le bois, il ne s'était même pas rendu compte de notre absence…
Nous avons rejoint les autres en espérant que personne ne se doute de quoi que ce soit. Carlos était en train de parler avec Stephen de la nouvelle voiture de Lorie, Nadine est venue vers moi et a enlevé une petite feuille de mes cheveux.

— La nature, rien de mieux pour se laisser aller, n'est-ce pas ?

J'ai rougi en comprenant le sous-entendu puis j'ai ri avec elle, bravo pour la discrétion. Le soleil se couchait quand nous avons décidé de rentrer, nous avions passé une magnifique journée et ça faisait vraiment un bien fou.

En rentrant à l'appartement, j'ai nourri mon bon Bart avec ses croquettes préférées et lui ai offert un beau gâteau. Et oui, mon chien avait six ans et ça méritait bien quelques petites attentions. Mon gros toutou a sauté sur le gâteau en forme d'os en prenant bien soin d'en mettre partout puis Mac lui a apporté son nouveau jouet. J'avais laissé Mac le choisir et je dois avouer que j'ai été plus que surprise en découvrant un pied humain. En plastique, certes, mais si réaliste qu'il m'a fallu regarder à deux fois quand même. Bart a hésité à le prendre et il a fallu que je joue moi-même avec pour qu'il comprenne que c'était un jouet pour lui. Ah qu'il était beau avec son pied arraché dans la gueule, on était morte de rire avec Mac. Pauvre Bart, lui qui était si gentil risquait de passer pour un véritable tueur maintenant. Au moins, il était heureux et courrait maintenant partout en lançant son jouet à travers la pièce…

Après ça, nous avons pris une douche en amoureuses et nous nous sommes posées devant un film avec une salade et un pot de glace, le moment était véritablement parfait, même si je me suis endormie avant même la moitié du film. Mac a dû me réveiller pour qu'on aille se coucher une fois le film terminé.
Au petit matin, alors que j'ouvrais à peine les yeux, Mac a voulu me retenir au lit avec elle un moment.

— N'y va pas, reste avec moi, on est bien toutes les deux comme ça.
— Je confirme, on est bien toutes les deux, c'est justement pour préserver ce bonheur que je dois y aller Mac. Je ne les laisserais pas nous enlever ça, je dois écouter ce qu'il a à me dire pour savoir si on peut enfin vivre tranquilles. Ne t'inquiète pas, je ne compte pas m'attarder plus que nécessaire.
— Je n'aime pas ça, tu sais. Ne te laisse pas avoir par ses mots, où par le magnétisme qu'il dégage. Et c'est valable aussi pour Antonio, fait bien attention à toi mon Ambre.

Je me suis levée en lui faisant un clin d'œil et j'ai filé sous la douche. Je savais qu'elle n'était pas rassurée mais elle devait me faire confiance, je ne risquais pas de tomber dans le panneau.

Quand je suis sorti de la salle de bain, elle se tenait devant la porte tel un videur de boite de nuit, j'ai rigolé car à part sa façon de se tenir, Mac n'avait vraiment rien de très effrayant, bien au contraire, en débardeur et en boxeur, elle me donnait surtout envie d'elle. Elle a deviné mes pensées en voyant mes yeux courir sur son corps, aussi a-t-elle tenté de m'amadouer en venant me caresser, m'embrasser et en glissant quelques mots sensuels au creux de mon oreille. J'étais à deux doigts de me laisser convaincre quand les grognements de Bart m'ont prévenu de l'arrivée imminente d'Antonio.

Effectivement, deux secondes à peines s'écoulent et le voilà qui sonne à la porte. Mac a levé les yeux au ciel en soupirant et mon envie s'est envolée d'un coup, laissant place au stress, ce que je me suis efforcée de cacher à ma chérie. J'ai posé la main sur la poignée et j'ai fait signe à Mac d'aller se cacher. Hors de question de laisser Antonio la voir dans cette tenue. Elle a pris tout son temps pour changer de pièce. J'ai ouvert et me suis retrouvée nez à nez avec le grand sourire charmeur du cousin de Franck.

— Bonjour ! Ton chien n'a vraiment pas l'air de m'apprécier.

— Bart sait reconnaître les mecs à problèmes. Je ne te fais pas entrer, on y va directement.
— Dommage, j'espérais voir Mackenzy.

Je l'ai fixé droit dans les yeux et si mon regard avait pu tuer, je pense qu'il serait mort sur le coup. Depuis la chambre, on a entendu Mac répondre qu'elle préférait ne pas le croiser afin de ne pas prendre le risque de lui refaire le portrait. C'était à mon tour d'afficher mon plus grand sourire. J'ai adressé un petit mot tendre à ma douce rebelle et je l'ai suivi. On a descendu l'escalier avant qu'il ne s'arrête en plein milieu du passage.

J'ai récupéré le sac qu'elle a jeté. Si un jour elle veut le récupérer, tu lui diras que je le garde pour elle. Ne t'attache pas à elle, Ambre, c'est une grave erreur, Mackenzy sait briser les cœurs aussi bien que Franck sait briser des vies. Tu m'as compris ?

— Mac ne me fera rien et elle est complètement différente de Franck. Tu tentes de me faire peur mais c'est toi qui voulais la voir tout à l'heure, c'est toi qui t'accroches à elle et c'est toi qui as le cœur brisé. On y va maintenant ? Je n'ai pas envie de perdre plus de temps, plus vite on y sera et plus vite tout ça sera derrière moi.

— Il y a des moments où je me dis que ton joli petit minois de peureuse n'est qu'une façade. Mon oncle a raison, tu es sûrement plus dangereuse que ce qu'on imagine. C'est sûrement ça qui plaisait tant à Franck, mais ça ne marchera plus maintenant que nous avons vu ton vrai visage. Au moins Mackenzy nous a tout de suite montré qui elle était…

Il a passé une main sur ma joue et a enlevé une de mes mèches, je me suis écartée et j'ai continué de descendre les escaliers. Antonio se déplaçait avec assurance et une sorte de grâce féline, s'en est presque envoûtant et quelque peu attirant je devais reconnaître, le fameux charme animal, ce petit truc que l'on retrouvait chez Franck également. Mac avait raison, ils savaient comment s'y prendre pour attirer les regards et séduire les autres, je devais vraiment faire attention.
Une fois en bas, Antonio m'a montré la voiture d'un geste de la main. Galanterie oblige, il m'a ouvert la portière, un geste qui se voulait aussi charmant et séducteur qu'il me paraissait superflu vu nos relations tendues. J'ai jeté un regard en direction de la fenêtre de mon appartement pour voir Mac, une tasse en main, qui nous observait. Je savais que tout ça devait bien l'agacer aussi

je lui ai envoyé un baiser de la main auquel elle a répondu avec un petit sourire.

Quinze minutes à rouler en silence quand Antonio s'est arrêté sur le bas-côté de la route. Mon cœur s'est emballé, allait-il me tuer là ?

Laisserait-il mon corps sans vie sur le trottoir ?

Non, il a juste pris son téléphone et y a répondu. Visiblement celui-ci était en mode vibreur car je n'avais rien entendu, j'ai laissé s'échapper un soupir de soulagement, j'avais eu peur pour rien.

— Oui, j'écoute… Non, pas maintenant, j'ai prévu autre chose… Non, c'est personnel… Ce soir, j'irai le voir… Attends, s'il se pose des questions, tu… Oui, tu as bien compris… C'est parfait… Occupe toi aussi de l'autre… Non, pas au téléphone… On fait comme ça… Tiens moi au courant…

Antonio a raccroché et s'est tournée vers moi.

— Pardon mais certaines affaires ne peuvent pas attendre.

— Je n'avais même pas entendu sonner. J'espère qu'il ne s'agissait pas de meurtre, ta phrase : occupe-toi de l'autre, ça craint.

— Un paparazzi qui me suit un peu trop, enfin nous suit. Et non, pas de meurtre, je ne vais pas prendre le risque que tu fasses arrêter moi aussi.

— Ah ? Donc il y a bien des choses que vous faites qui mériteraient que vous alliez en prison.

— Maligne, mais je ne vais rien te dire de plus. Tu devrais me remercier plutôt, ils ont pris des photos de nous et j'ai pu... enfin mes hommes ont pu effacer les traces avant que ce ne soit publié.

— Je n'ai rien fait de mal, je m'en fous moi.

— Tu es sûr ? Tu ne crains pas les histoires que ça peut engendrer ? Pourtant réfléchi aux gros titres que ça ferait : « elle fait enfermer l'héritier Gomez pour être avec son amant » ça tourne vite à la manipulation tout ça et Franck aurait le droit à un autre procès assez rapidement sans compter que j'étais avec Mackenzy avant tout ça donc... Oui, je vois bien un gros titre du genre : « le triangle amoureux contre le grand Gomez... »

— Je sais très bien que c'est faux moi, je n'ai rien à craindre.

— Mais, tu vas pourtant voir Franck en prison avec moi. Tu peux très bien cacher quelque chose ma jolie, les journalistes ne vont pas chercher plus loin pour faire monter les rumeurs.
— La vérité finira par être connue, comme pour Franck, je ne crains rien.
— Bien, tant mieux pour toi alors, mais je tiens à ma vie, moi, et je ne laisserai personnes me faire du tort, personne.

Il a dit ces mots tout en me fixant droit dans les yeux, il cherchait visiblement à me faire passer le message. Message reçu mais j'ai pris sur moi pour lui cacher ma peur, pas question de lui donner satisfaction. Antonio a alors posé une main sur la mienne tout en me disant que je n'avais pas besoin de trembler comme ça, ou du moins pas si je ne faisais rien contre lui. Bon au temps pour moi, je n'étais pas douée pour dissimuler mes émotions. J'ai détourné le regard et lui ai répondu.

— Non, je n'ai rien fait…

Et dans ma tête j'ai ajouté : du moins rien encore. Je comptais bien faire tout mon possible pour être débarrassée des Gomez et être tranquille avec Mac, cette famille devait disparaitre de nos vies.

Antonio a lâché ma main et a redémarré puis il s'est mis à siffler alors que la route défilait sous les roues de la voiture. Je l'ai regardé stupéfaite, je dois avouer que je ne l'imaginais pas du genre à siffloter ou à chanter en écoutant de la musique.

— Je t'intrigue Ambre ? C'est le fait que je siffle en conduisant ou tu te demandes toujours ce que tu fais avec moi ?
— Je me demande surtout à quoi tu joues ? Qu'est-ce que tu tentes de faire ? Franck voulait récupérer Mac quand il est tombé sur moi, la suite, on la connaît. Mais toi, c'est quoi ton plan ?
— Hum... Je voudrais être certain que tu ne feras pas de bêtises qui pourraient faire libérer Franck plus vite. Comme je te l'ai dit, ça m'arrange qu'il soit sous les verrous. Je me méfie de toi, et tu sais ce qu'on dit, il faut être proche de ses amis et encore plus de ses ennemis.
— Ouais, proche comment ?

Tout en conduisant il a tourné la tête vers moi l'air intéressé par ma question puis a répondu tout simplement que le temps le dirait. Ne trouvant rien à répliquer, je me suis mise à regarder les bâtiments défiler au bord de la route. Bon sang, mais pourquoi avais-je posé cette question ?

Deux heures de route avant d'arriver devant la prison, le bâtiment m'a collé la chaire de poule, il faut reconnaître qu'il était impressionnant avec ses hautes grilles et ses barbelés. J'ai tenté de me rassurer alors qu'on sortait de la voiture, je ne risquais rien ici avec tous ces gardiens entraînés. Mes mains tremblaient et j'avais du mal à avaler ma salive en découvrant le panneau où était écrit en gros : « Southern Ohio correctional facility ».

Plus le choix, je devais faire face aussi j'ai suivi Antonio, me tenant légèrement derrière lui, ni trop près, ni trop loin. Mon cœur battait de plus en plus vite au fur et à mesure que la porte d'entrée se rapprochait. Antonio s'est arrêté et s'est tourné vers moi.

— Prête à voir ton ex ?
— Franck n'est pas mon ex.

Il a souri et a ouvert la porte pour me laisser entrer la première. Mon cœur allait finir par sortir de ma poitrine à la façon d'un alien dans le film du même nom…

Chapitre 11

Des regards suspicieux se sont posés sur nous alors que nous franchissions l'entrée. Le moins qu'on puisses dire c'est que l'accueil n'avait rien d'agréable, les gardiens étaient tous froids et distants. Je n'osais plus bouger, des frissons me parcouraient tout le dos.

— Aurais-tu besoin d'un bras Ambre ?
— Heu... Non, non, c'est bon. On doit aller où ?

Antonio a tout de même pris mon bras et nous a conduit devant deux hommes qui gardaient la seconde porte d'entrée. J'ai baissé la tête et suis restée silencieuse, cette atmosphère ne me plaisait vraiment pas.

— Qu'est-ce que vous venez faire ici ?
— J'ai appelé avant de venir, vous pouvez vérifier, Gomez Antonio.

L'un des gardes est resté planté devant nous pendant que l'autre s'éloignait pour prendre une radio et vérifiait. Au bout d'un moment, il est revenu et a fait un signe à l'autre qui nous a laissé avancer. Pourquoi avais-je l'impression étrange que tout ceci n'était pas normal ?

En fait, rien n'était normal, je n'aurais jamais dû être ici, et surtout pas avec Antonio à mes côtés. J'ai alors réalisé qu'il me tenait toujours par le bras et je me suis libérée, ce qui l'a fait sourire.

Nous sommes finalement arrivés devant ce qui servait de bureau d'accueil. L'homme en poste nous a demandé d'écrire nos noms et de signer une feuille avant de demander à un autre garde de nous conduire le long d'un couloir interminable.

— Ne t'en fait pas, c'est la procédure habituelle.
— Habituelle, génial, ça me rassure de savoir que vous êtes aussi familier avec les procédures en prison…
— De l'ironie, j'adore. Ne t'éloigne pas de moi quand même, on ne sait jamais.

J'ai jeté un œil en arrière pour remarquer que les gardes nous fixaient. Quelque chose clochait ici, je le sentais. Les voir chuchoter entre eux, ne me rassurait pas vraiment, je n'aimais vraiment pas ça. Je me suis alors cognée contre le dos d'Antonio, je n'avais pas vu qu'il s'était arrêté. Il m'a retenu en tendant le bras et s'est tourné vers moi.

— Doucement, ne soit pas si pressée
— Pourquoi ai-je la nette impression qu'il se passe un truc anormal ici ? Qu'est-ce qui se passe ?

Le garde nous a fait entrer dans une salle où les fenêtres avaient des barreaux. Un parloir ? Rien à voir avec ceux qu'on voit dans les films, ici c'était une grande salle aux murs peints en blanc, plusieurs tables avec des bancs étaient disposées au centre, il y avait aussi quelques chaises devant nous, mais tout était vide.

J'ai regardé Antonio qui me faisait signe de choisir une table. Au pif, j'ai désigné celle du centre et on s'est installé. Nous avons attendu presque vingt minutes puis la porte du fond s'est ouverte et un gardien est entré suivi par Franck. J'ai mis mes mains dans mes poches pour cacher mon anxiété et j'ai observé Franck. Il avait des menottes avec des chaines aux pieds et aux poignets. Quand il m'a vu, j'ai aussi remarqué que son visage s'illuminait. Effectivement, il semblait encore plus amoureux qu'avant…

Mais ce n'était pas mon cas, bien au contraire, je suis devenue complètement blanche et la nausée m'a pris. Comment faire face à ce criminel ?

J'étais seule dans cette salle, face à deux membres de la famille Gomez.

Pourquoi le garde n'était-il pas resté ?

Et si c'était un piège ?

Impossible de bouger ou de parler, je me suis mis à imaginer les pires scénarios, ils allaient sûrement profiter de l'absence des gardes pour me rouer de coups et je finirai sans doute morte, le crâne fracturé…

J'ai baissé les yeux en direction de mes pieds et je me suis rendue compte que la table, enfin les tables, ainsi que les chaises, étaient encrées au sol. Ouf, impossible donc d'utiliser le mobilier comme arme. Si cette nouvelle pouvait me rassurer, je réalisais en même temps que je n'étais ni grande ni baraquée et que ce n'était pas vraiment leur cas. Même sans armes, ils pouvaient facilement me mettre la raclée du siècle, ils n'auraient aucun mal à eux deux à m'étrangler par exemple.

Les gardes étaient-ils de mèche ?

C'est eux qui allaient se charger de faire disparaitre mon corps, ni vu, ni connu ?

Le crime parfait. Qui soupçonnerait un homme déjà en prison, surtout sans cadavre. La police supposerait que je m'étais enfui, que j'avais sans doute changée d'identité…
Bon sang, mais pourquoi étais-je venue ?

Franck s'installe en face de moi, il m'observe un moment avant de se tourner vers son cousin.

— Je ne m'attendais pas à te voir si tôt, je dois avouer que je suis agréablement surpris. Merci Antonio, je ne sais pas comment tu as fait pour la convaincre mais, je te tire mon chapeau… Comment vas-tu ma Bonnie ?
— Je crois qu'elle est submergée par l'émotion cousin.
— Pou… Pourquoi il n'y a personne ?
— Antonio, tu ne lui as rien dit ? C'est malin, elle doit déjà s'imaginer que nous allons la liquider ou je ne sais quoi. C'est une de ses spécialités, imaginer le pire en permanence. Ne t'inquiète pas Ambre, tu ne crains rien. Il n'y a personne car ce n'est pas le jour pour les visites. Normalement, c'est du mercredi au samedi de 8 h 30 à 17 h 30. Et si un jour tu souhaites venir me voir, tu dois appeler pour prévenir trois jours avant. Ne l'oublie pas, ok ? Visiblement, je dois ta visite en dehors des horaires

à Antonio. Mon cher cousin a sans doute encore pas mal de contacts parmi les gardiens.

— J'ai bien fait n'est-ce pas ? Bien, cousin, on est juste tous les trois, et si tu me disais ce que tu lui trouves vraiment à cette femme ?

— Et si tu nous laissais seuls plutôt ? Tu ne pourrais pas comprendre de toute façon.

— Comme je n'ai pas compris pour Mackenzy ?

La température a chuté d'un coup entre les deux cousins. Est-ce que Franck savait que Mac et Antonio avaient eu une liaison ?
Bien qu'ils soient très proches tous les deux, on voyait bien que Franck n'avait pas envie de voir son cousin ici en ce moment.
Est-ce que je devais en profiter ?

Je ne savais même pas quoi dire durant leurs échanges. En fait, je me sentais plutôt idiote et complètement perdue, j'étais pourtant si sûr de moi, de ce que je voulais, de ce que je devais faire…

Revoir Franck c'était différent de tout ce que je m'étais imaginée. La prison ne le changeait pas, au contraire, j'avais l'impression qu'il était encore plus puissant. Après tout, c'était lui qui avait le contrôle de la situation en cet instant…

Alors, j'ai agi, j'ai demandé à Antonio de nous laisser. Je ne savais pas comment j'avais pu articuler cette phrase mais je l'avais bien prononcée. Étais-je devenue suicidaire ?

Antonio a refusé de partir, il voulait entendre ce que nous avions à nous dire, mais Franck ne voulait pas céder devant son cousin, il a regardé la porte du fond puis Antonio, et il lui a répété de nous laisser. Antonio ne bougeait pas, ça allait mal se terminer cette histoire.

— Antonio, je dois parler avec Franck. Tu m'as emmenée ici pour ça, non ? Alors, laisse-nous.
— Tu as entendu ma Bonnie, Antonio.
— Je ne reçois pas d'ordre d'une femme, tu le sais cousin.

Franck s'est levé pour se rapprocher d'Antonio. Allaient-ils en venir aux mains ?

Mais Antonio s'est adouci et a juste demandé à son cousin s'il était sûr de lui, s'il n'allait pas se faire avoir encore une fois. Franck a souri à moitié.

— Et toi Antonio, tu es sûr de ce que tu fais ? Je veux dire, ça t'arrange que Franck soit ici, non ? Alors laisse Franck faire ses erreurs et laisse-nous.

— Toi, ferme-la.

— Oh, ne lui parle pas comme ça. As-tu oublié les recommandations de grand-mère ? Une femme, ça se respecte, et cette femme encore plus Antonio. Je sais que tu veux prendre ma place à la tête de la famille depuis longtemps et je vais t'avouer que je m'en contrefiche, ce n'est pas le plus important pour moi, mais cette femme, si. Alors, laisse-nous maintenant.

Antonio a grimacé, m'a fixé un instant, puis s'est enfin décidé à nous laisser. Je me retrouvais donc seule face à Franck et ma peur revenait à vitesse grand V. Pourquoi avais-je voulu ça ?

En fait, je pensais qu'Antonio allait se battre davantage et que du coup il mettrait fin à cette visite et aux suivantes pour punir son cousin, mais non, il nous avait juste laissé seuls…

En y repensant, je me rendis compte qu'on ne nous avait même pas fouillé en entrant. Nous aurions très bien pu avoir une arme sur nous. Oui, la famille Gomez contrôlait bien la prison et faisait ce qu'ils voulaient…

J'évitais le regard de Franck autant que faire ce peu, mais il en avait décidé autrement et m'attrape le menton d'une main afin que nos regards se mélangent. Franck m'a dit que je lui avais manqué. Évidemment, je n'y croyais pas une seconde, son argent était en jeu, il voulait simplement me manipuler. Je ne savais pas quoi lui répondre.

— Évite Antonio. On a été élevé ensemble mais, il n'est pas comme moi, il ne se privera pas de te frapper pour obtenir ce qu'il veut. Il a sans doute déjà commencé à jouer avec toi, c'est sa façon de procéder pour obtenir ce qu'il désire. Est-ce qu'il est au courant ?
— Parce que tu crois que je fais confiance à ta famille ? Ni à toi, ni à ta famille.
— Et pourtant, moi, tu peux me faire confiance, tu es mienne. J'aurais pu te faire tuer, tu le sais, mais je n'ai rien fait, et je ne ferais rien contre toi. J'ai encore quelques hommes dehors, et je sais que tu es allé chez Antonio. Oui, je te surveille, mais c'est pour te protéger et parce que j'aime savoir ce que tu fais. Bref, fréquenter Antonio, c'est une mauvaise idée, ne lui fait pas confiance, si tu me vois comme le mal incarné alors dis-toi qu'il est pire. C'est mon cousin, mais il y a beaucoup de rivalité entre nous et il est hors de question qu'il te touche. Je veux te protéger ma Bonnie...

— Ne m'appelle plus comme ça, je ne suis pas à toi, je suis à Mac… Dis-moi simplement ce que tu me veux, qu'on en finisse… Je ne reviendrais plus te voir Franck, ça s'arrête maintenant toute cette histoire, tu n'as plus le contrôle sur moi, sur Mac, sur nos vies.

— Il n'y a rien de terminer ma douce, que tu le veuilles ou non, ce n'est que le début. Tu as quelque chose à moi, alors… Tu te souviens ce que j'étais prêt à faire à Mac, juste pour une putain de clé USB. Je ne l'ai pas lâchée, alors imagine dans ton cas… Tu as fait couler mes affaires, mais d'une certaine manière, tu m'as rendu service, je ne suis plus obligé de suivre les ordres de mon paternel. Tu m'as rendu libre Ambre, tu m'as fait un cadeau en me livrant à la justice, et pour cela, je te suis redevable, je ne te lâcherais pas, jamais. Et grâce à l'argent que tu as subtilisé, je vais pouvoir redémarrer à zéro. Et crois-moi, je ne vais pas lâcher ce fric. Tu m'as montré que tu étais assez forte pour faire équipe avec moi, tu es bien plus intelligente que ce qu'on peut penser. J'ai mis du temps mais, je sais que c'est toi que j'attendais, tu es la femme de ma vie. Oh, tu ne le sais pas encore, mais je t'aiderais à en prendre conscience, tu verras, tu finiras par m'aimer aussi. Nous sommes et nous resterons Bonnie and Clyde. Malgré tout, souviens toi toujours que j'ai encore des amis qui surveillent tes proches, tu ne voudrais pas qu'il arrive malheur à la petite Annie, n'est-ce pas ? Alors, tu vas faire ce que je te dis, garde le fric, vis ta vie comme bon te semble pour le moment, et soit prudente avec Antonio, il ne te lâchera pas lui non plus. Oh, j'oubliais, à l'avenir, évite de prendre autant de plaisir dans un parc public, ce n'est pas digne de toi. Tu es mienne ne l'oublie pas, chaque caresse, chaque baiser, chaque orgasme, que tu auras avec Mac, je le saurais, alors pense à moi. Bientôt, nous serons réunis toi et moi, et c'est entre mes mains que tu fondras, c'est en me sentant en toi que tu jouiras.

— Non ! Si tu touches à…

— Non, non, ma douce Bonnie, ne fait pas de menace. Ton truc à toi, c'est les plans en douce, les menaces, c'est ma partie. Je suis ravi de voir que tu m'as comprise, au moins maintenant, je sais que tu vas y réfléchir. Reviens me voir quand tu pourras. Chut maintenant, Antonio arrive, je le vois derrière la vitre de la porte, pas un mot sur notre argent.

— Je suis forte pour les plans, tu as raison, alors méfie-toi Franck, tu ignores de quoi je pourrais être capable.

— Je l'espère ma douce, je l'espère. Ça te rend si appétissante que je n'ai qu'une envie, poser mes lèvres sur ton corps chaud, même remplis de colère, tu es resplendissante. Je sais que tu es parfaite pour moi, tu vas finir par m'aimer, soi-en certaine.

Antonio est entré et m'a tiré par le bras si fort que j'ai été pratiquement soulevée de ma chaise. Franck s'est levé d'un bond et lui a demandé de me lâcher immédiatement. Intervention inutile puisque je me suis dégagée seule, j'ai tourné les talons et j'ai quitté la pièce, laissant Antonio rester seul quelques minutes avec Franck. J'ai récupéré mon sac et j'ai foncé dehors, j'avais besoin d'air frais. À peine sortie, j'ai renvoyé le contenu de mon estomac sur la pelouse contre le petit mur. C'était une belle bêtise de venir ici, et voilà que loin d'avoir réglé les choses, je me retrouvais à nouveau dans les emmerdes. Qu'est-ce que je pouvais faire contre lui ?

Je m'en doutais mais Franck me l'avait confirmé, tous les membres de son organisation n'étaient pas sous les verrous. La situation était pire que tout ce que nous avions pu craindre et tous mes amis étaient maintenant en danger. Je me suis ressaisie et je me suis faite la promesse de tuer Franck de mes mains s'il s'en prenait à mes amis et d'en faire de même avec toute sa foutue famille. Oui, je sais, c'était ridicule, mais au moins ma colère me permettait de surmonter mon mal être. Comment avais-je pu être aussi bête et croire que nous serions enfin tranquilles ?

Quelle idiote j'avais pu être…

Comment avait-il pu me demander de penser à lui quand je serais avec Mac ?

Il ne doutait vraiment de rien et il pouvait toujours rêver. Pendant une seconde, j'ai imaginé ses mains sur moi, son corps…

Et me revoilà à vomir sur la belle pelouse, Antonio est arrivé juste à ce moment-là derrière moi et m'a tendu un mouchoir tout en me demandant si ça allait.

Comment ça pouvait aller franchement ?

Je n'ai pas répondu, le fait que le contenu de mon estomac soit répandu sur le sol parlait pour moi. Je lui ai juste demandé où étaient les toilettes quand j'ai enfin pu reprendre mon souffle. Nous sommes entrés une nouvelle fois dans le bâtiment et il m'a montré un couloir que j'ai suivi par trouver enfin les toilettes. À l'intérieur, j'ai inspiré et expiré profondément trois fois de suite puis je me suis rafraîchie un peu et suis sortie. Un garde est venu me trouver et m'a demandé si j'allais bien, j'ai souris et j'ai fait oui de la tête, mentir, toujours mentir, ne rien laisser paraître...

Antonio m'attendait, appuyé contre la voiture. En le voyant ainsi, je comprenais qu'il puisse faire fondre facilement toutes les femmes qu'il voulait, il était comme Franck, il avait un corps parfaitement sculpté, une belle l'allure, et toujours cette foutue assurance. Que je pouvais les détester eux et leur famille, d'être si parfait et si pourri en même temps. Je me suis approchée de la portière mais Antonio ne bougeait pas d'un pouce. À quoi jouait-il ?
Il était pourtant censé me ramener chez-moi.

— Tu ne souhaitais pas venir pour le voir, et finalement, tu me vires pour lui parler en tête à tête. Tu peux m'expliquer à quoi ça rime ?
— J'aimerai rentrer maintenant Antonio, on a deux heures de route et franchement, j'ai eu ma dose de Gomez, ok ?
— Ta dose de Gomez... Tu es loin d'en avoir fini avec nous, tu sais ? Maintenant, dis-moi, de quoi avez-vous discuté ?
— C'est entre lui et moi.
— Écoute, je veux bien être gentil, mais si tu comptes nous manipuler, ou bien nous embarquer dans je ne sais quel

plan idiot, on risque de ne pas s'entendre. Ne soit pas stupide, tu sais que je ne te laisserais pas repartir sans que tu m'aies dit ce que je voulais savoir…
— On est devant une prison, je peux me mettre à hurler pour alerter les gardiens, non ?
— Et bien vas-y, hurle ma jolie. Comment crois-tu qu'on ait pu rendre visite à mon cousin un lundi ? Réfléchis. Au mieux, ça va juste repousser un peu les choses, rien de plus.

Il n'avait pas tort, ça ne servirait à rien. Voyant que je restais silencieuse, il a esquissé un sourire puis il s'est déplacé et m'a ouvert la portière. Alors que je passais devant lui, il m'a attrapée par le bras et m'a bloquée contre la voiture tout en plongeant son regard dans le mien, son visage s'est approché du mien. Impossible pour moi de bouger, j'ai menacé d'appeler à l'aide mais il a alors mis une main sur ma bouche et a pressé son corps contre le mien. J'ai essayé de le repousser mais, de sa main libre, il a saisi mes deux poignets et m'a forcée à me retourner. Sa main, qui était jusque-là sur ma bouche, est descendue le long de mon cou, il pourrait m'étrangler mais il ne le fait pas, contre mes fesses, je sentais son excitation…

J'ai fermé les yeux et j'ai serré les dents. Il allait me violer là, juste devant la prison et tous les surveillants ?

Non, je ne me laisserais pas faire, je me suis débattue comme une cinglée, au risque de me démonter l'épaule, et suis parvenue à lui faire lâcher mes mains. Hélas, il est toujours en position contre moi et je ne peux rien faire de plus.

— Calme-toi ma jolie, ça serait dommage que tu te fasses mal. Maintenant, tu vas me dire ce que je veux savoir et ensuite on rentrera.

Qui me disait qu'il n'allait rien me faire après ?

J'ai hésité un instant, mais au fond je savais que je n'avais pas d'autre choix que de parler. Pour une fois, j'ai souhaité que Franck soit avec moi. Cousin ou pas, il se serait occupé d'Antonio, mais hélas, j'étais toute seule.

— C'est bien, calme-toi.
— Éloigne-toi de moi Antonio, je ne veux pas que tu...
— Que je te touche ? Si je te voulais, je te prendrais, mais ce n'est pas le cas, tu n'es pas celle qui m'intéresse. Je veux bien reculer, mais si tu ne parles pas, je vais devenir beaucoup plus méchant.

— Tu veux que je te dise quoi ? Que Franck compte sortir et veut que je sois auprès de lui, qu'il m'a décrit ce que nos corps feraient, qu'il compte se débarrasser de Mac car il n'aime pas me savoir trop proche d'elle… Je ne pense pas que tu aies besoin que je te décrive en détails les fantasmes de ton cousin en matière de parties de jambes en l'air. Il s'en fout que tu prennes sa place auprès de son père, il me veut moi et il est prêt à tout pour m'avoir.

— Rien de plus ? Comment compte-t-il sortir ? Qu'est-ce que tu as fait pour qu'il soit autant après toi ?

— Il ne m'a pas dit comment il comptait s'y prendre, sans doute ne me fait-il pas complètement confiance. Pourquoi craque-t-il sur moi, je n'en sais rien, peut-être que c'est mon passé de prostituée qui l'attire, je ne suis pas dans sa tête.

La nausée m'a reprise alors que je m'imaginais avec Franck, j'ai mis les mains devant ma bouche et j'ai bousculé Antonio pour me précipiter à l'arrière de la voiture. Mon estomac devait être vide car rien n'est sorti. Merde, j'en avais marre d'être malade comme ça à chaque fois que je pensais à

Franck, il allait falloir que ça se calme car sinon j'allais être dans la merde, et ce n'était pas que façon de parler.

Antonio m'a fixé étrangement avant de me montrer le siège passager avec un sourire.

Chapitre 12

Une fois dans la voiture, je me suis dit que je ne m'en étais pas trop mal sortie finalement, je n'avais pas menti, j'avais juste omis de dire certaines choses à Antonio. Arrivé à une intersection, il s'est tourné dans ma direction et m'a regardé en me souriant. À quoi pouvait-il penser ?

Dans ma petite tête j'ai passé en revue tous les scénarios possibles, je m'attendais à un coup fourré de sa part. Il ne m'avait sans doute pas cru et il allait me le faire payer. À quoi pensait-il ?

— Qu'est-ce qu'il t'a dit sur moi Franck ?
— De ne pas te toucher où je risque de le regretter.
— Oh, donc tout à l'heure...
— Je n'ai pas peur de ses menaces, on a grandi ensemble, on est comme des frères, il va me renier quelques temps mais ensuite, ça ira.
— Ah, mais alors pourquoi ce sourire depuis tout à l'heure ?
— Si tu as encore envie de vomir, dis-le, j'aimerai bien éviter de salir les sièges.

— Ok, mais tu ne réponds pas à ma question Antonio. À quoi tu penses ?
— Tu aurais dû me le dire avant ma jolie, j'aurais fait plus d'efforts.
— Te prévenir ? Mais de quoi tu parles Antonio ?
— Je pensais que c'était le stress ou la peur… Enfin bref, tu aurais dû me dire que tu étais enceinte. Je comprends mieux maintenant pourquoi Franck te veut. Je suppose que mon oncle ne doit pas être au courant, du coup, on va continuer de garder ça pour nous. Mince, un nouveau petit Gomez, je dois avouer que je ne l'avais pas vu venir...
— Mais… NON ! De quoi tu....

Je me suis tue, la famille, c'était sacré pour eux, même s'ils se faisaient des coups en douce, ils se protégeaient les uns les autres. Si Antonio croyait que j'étais enceinte, alors j'avais une chance de limiter mes problèmes, et qui sait, peut-être que ce délai me permettrait même de trouver une solution pour nous sortir de tout ça. C'était risqué, Franck saurait vite que c'était impossible que je sois enceinte vu que la seule fois où il m'avait prise, c'était l'épisode sous la douche…

Si jamais Antonio lui en parlait, je me retrouverais de nouveau dans les embrouilles, et peut-être même qu'Antonio se vengera pour avoir ainsi abusé de sa crédulité…
Alors, je devais faire quoi ?
Mentir en le laissant penser que j'étais enceinte ou lui dire la vérité ?

— Tu es bien silencieuse maintenant… Votre secret est bien gardé, ne t'en fait pas… Si je résume les choses, alors que Franck cherchait à mettre la main sur Mackenzy, elle t'a rencontré. Avec ton coté petite fille fragile et innocente, tu étais parfaite, Mackenzy a alors élaboré un super plan pour être enfin libéré de Franck, nous enfuir ensemble était bien trop dangereux pour elle comme pour moi, alors elle t'a draguée. Son côté rebelle, ça fait craquer à tous les coups et toi, tu y as cru et tu as tout mis en œuvre l'aider. Sauf que tu n'avais pas pensé une seconde craquer pour mon cousin, il est fort, aucune femme ne lui résiste. Bonnie and Clyde, j'aurai dû y penser. J'ai vraiment été aveugle là-dessus. Et puis, devant les juges, tu as bien tenu ton rôle, défendant ta version des faits de toute façon, avec les preuves, vous n'aviez pas le choix, pas de retour en arrière. Oh, tu tiens à Mackenzy elle t'a sûrement fait découvrir une partie de toi que tu n'imaginais même pas aussi tu continues ton rôle avec elle. Le petit couple de lesbiennes modèles. J'imagine que vous allez faire ça jusqu'à ce que tout se calme. Et puis quand Franck sortira, tu iras le retrouver. Il a dit qu'il s'en foutait que je prenne sa place, ça veut dire qu'il est bien décidé à partir loin de son père pour être avec toi et le futur petit Gomez. C'est pour ça qu'il insiste autant pour te voir, il veut être sûr que tout se passe bien… Tu peux arrêter de jouer la fille qui déteste mon cousin, je sais tout maintenant. Et tu sais quoi, Franck n'a pas tort, tu es beaucoup plus intéressante que tu ne le laisses paraître. Mon oncle aussi a raison, tu es bien plus dangereuse que nous ne le pensions. Un plan tel plan ne peut pas venir de Franck. Il aurait tout fait pour éviter d'aller en prison… Tu es vraiment parfaite, manipulatrice, mignonne, intelligente… Dommage que mon cousin soit tombé sur toi en premier, tu aurais pu me plaire aussi. Enfin, si Mackenzy n'avait pas déjà volée mon cœur. D'ailleurs, je compte bien la récupérer bientôt… Alors, que les choses soient claires, je vais garder votre secret, il ne faudrait pas que mon oncle mette la main sur ce bébé, mon cousin mérite d'avoir la vie qu'il souhaite avec toi, mais je veux savoir où vous pensez aller ? Et comment vous allez faire pour vous en sortir ? Si vous avez besoin d'argent, tonton Antonio sera là. Dorénavant, je veux que tu me tiennes au courant de l'évolution de ta grossesse. Bon sang, c'est la meilleure nouvelle de la journée. Et moi qui croyais que tu voulais tous nous faire tomber… Bienvenue dans la famille jolie Ambre. Oh j'allais oublier, il y a une tradition dans la famille, chaque future épouse d'un Gomez doit recevoir l'approbation de Grand-mère. Pour toi, ça va être rapide, tu portes déjà l'enfant de Franck, elle va t'adorer. Elle gardera votre secret, ne t'en fait pas, elle sait comment se comporte mon oncle et elle n'a jamais approuvé la façon dont il a élevé Franck… Bien, et maintenant, dis-moi comment tu comptes cacher ta grossesse le temps que Franck sorte de prison ?

Je l'avais écouté tout du long sans rien dire, il était content de ses déductions. Honnêtement, je ne savais pas vraiment comment réagir, je suis donc restée silencieuse et Antonio a enchaîné en me lançant de grands sourires.

— Ça va faire combien de semaines là ? Hum... Je dirais au moins six semaines, si je me refaire à ce qui s'est dit au procès... Tu as déjà vu un docteur ?
— Six semaines ? Déjà ?
— Oui, le temps passe vite, n'est-ce pas. Profite de chaque moment, neuf mois, ce n'est pas si long quand on y pense.

Je lui ai alors demandé d'arrêter la voiture, la nausée me reprenait, j'ai ouvert rapidement la porte et j'ai de nouveau vomis. Ça faisait déjà six semaines, je n'en revenais pas. J'ai regardé Antonio pour le voir lever les bras au ciel tout en me disant que c'était les joies de la grossesse.

J'avais bien envie de faire un doigt d'honneur mais je ne devais pas éventer la supercherie. Je suis restée quelques minutes, courbée, les mains sur les genoux.

En y repensant, je me suis rendu compte que je n'avais pas eu mes règles depuis plusieurs semaines. Certes, ce n'était pas Franck qui risquait d'être le père, mais Scott...

Je pouvais me tromper, avec tout ce qui m'arrivait, le stress, la peur, tout pouvait être déréglé...

Oui, c'était sûrement ça. C'était obligé que ce soit ça. Je ne pouvais quand même pas être enceinte de mon ex...

Non, en fait, je n'en savais rien, c'était tout à fait possible. Et même si je prenais la pilule, rien n'était fiable à cent pour cent. Qu'est-ce que j'allais faire ?
Et Mac, comment allait-elle réagir ?

J'avais la tête qui tournée quand je suis retournée dans la voiture en silence. Antonio an a profité pour me sortir une liste de prénoms susceptibles de plaire à Franck. Bon sang, il allait trop vite pour moi celui-là. Je ne sais pas si je ne préférais pas quand il me détestait finalement.

Au bout d'une heure, il m'a proposé de nous arrêter pour manger un morceau, il était presque treize heures et je devais avoir l'estomac bien vide maintenant. Je n'avais pas spécialement faim mais je n'étais pas contre une pause. J'avais encore du mal à réaliser la situation, et dire qu'il avait fallu que ce soit un Gomez qui m'ouvre les yeux. La seule chose positive dans tout ça c'était qu'Antonio était devenu le parfait tonton. Fini les menace, il se comportait comme un homme tout à fait normal et le comble c'est qu'il avait l'air sincère.

On s'est arrêté au premier restaurant et il a fallu que ce soit un mexicain. Je ne comprenais rien à ce qui était écrit sur la carte, ce qui a évidemment fait rire le cousin de Franck qui m'a promis que je finirais par lire et parler couramment leur langue avec le temps. Ouais, mais comment lui dire que je n'en avais pas envie ?

Pour le moment, je voulais surtout retrouver mon lit et les bras de Mac. Antonio a passé commande pour moi, la serveuse nous a proposé la carte des boissons mais il a repoussé celle qu'elle me tendait en lui précisant que je ne prendrais pas d'alcool, que ce n'était pas bon pour une future maman. Franchement, j'en aurais pourtant bien eu besoin d'alcool, un verre de je ne savais quoi inscrit sur cette carte m'aurait fait le plus grand bien. Bon au moins maintenant Antonio prenait soin de moi, enfin plus exactement du bébé. Franck n'étant pas là pour moi, Antonio me promis de faire en sorte qu'il ne m'arrive rien en l'attendant. C'était touchant de sa part, ou plutôt, c'était stressant. Allait-il être avec moi en permanence à partir de maintenant ?

Je jouais avec le contenu de mon assiette tout en réfléchissant. Elle avait l'air appétissante, mais mon estomac continué de se révulser et je n'osais manger le moindre morceau.

— Tu n'as pas faim ? Tu as encore des nausées, c'est ça ? Une eau pétillante peut t'aider, je vais t'en commander une.
— Attend Antonio, c'est bon je t'assure.

— Alors qu'est-ce qui se passe ? Tu dois manger tu sais, pour votre bien à tous les deux.

— Oui, je le sais, merci. Stop, c'est trop là, on n'est pas amis tous les deux et voilà je me retrouve en tête à tête avec toi dans un resto mexicain, avant cette visite en prison on en était à se demander comment se débarrasser l'un de l'autre, et te voilà à être...

— Trop protecteur ?

— Oui ! Je n'ai aucune confiance en toi. Je n'ai absolument pas besoin que tu prennes soin de moi, je ne veux pas de ta présence à mes côtés.

— Ambre... On protège notre famille, et l'enfant que tu portes est bien plus important que toutes tes envies et tes désirs. Si tu n'étais qu'une femme de passage, je me foutrais totalement de ce qu'il pourrait t'arriver et on ne serait pas là à discuter, mais voilà, Franck tient à toi, et ça change tout. Je te l'accorde, nous ne sommes pas amis et on va devoir faire des efforts mais je suis là... Et puis, tu as besoin de moi.

— Et en quoi j'aurais besoin de toi ?

— Tu as besoin de moi pour gérer les journalistes déjà. Ensuite, si c'est moi qui me charge de toi, tu ne seras plus suivi par les hommes de mon oncle, tu comprends ?

— Et les hommes de Franck ?

— Franck n'a plus beaucoup d'hommes et ça m'étonnerait qu'il ait des amis près à suivre celle qui a foutu la merde dans l'organisation. Il ne te reste que moi, alors fait un effort, tu ne crains rien avec moi.

— Rien, tant que je porterai ce bébé…

Antonio n'a pas répondu, je notais pour moi-même qu'il ne savait pas que Franck me faisait suivre. Je ne savais toujours pas quoi faire au sujet du bébé, je n'étais même pas sûre d'être vraiment enceinte. Pour le moment, j'avais obtenu une sorte de trêve avec les Gomez, c'était toujours ça de pris mais je devais trouver un moyen de nous sortir de toute cette histoire au plus vite. Franck devait disparaitre de ma vie, de nos vies, mon mensonge risquait de s'effondrer rapidement et Antonio ne me le pardonnerait pas et chercherait sans doute à me faire disparaitre définitivement.

Réfléchir m'avait ouvert l'appétit et je goûtais finalement le contenu de mon assiette. C'était vraiment bon.

— Qu'est-ce sait ?

— Vu que tu as l'estomac fragile je t'ai commandé une tinga de pollo, c'est du poulet mariné aux épices, ce n'est pas trop fort, Il y aura des gorditas au fromage puis le dessert et le café.

— Vous avez toujours de la famille au Mexique ?

— Oui, mais notre réseau va bien au-delà du Mexique ou des États-Unis, on voyage assez souvent.

— Je ne vais jamais pouvoir avaler tout ça tu sais.

— Ne t'inquiète pas Ambre, pour le moment mange ce que tu veux.

Je n'allais quand même pas laisser ce plat me regarder, j'ai repris une bouchée puis une autre et finalement, je l'ai terminé, je me suis même surprise à goûter aux fromages aux noms imprononçables. Arrivée aux desserts, j'ai toute cette fois décliné, je n'en pouvais vraiment plus mais j'ai quand même accepté un café. Le repas terminé, Antonio a demandé la note qu'il a réglé tout en prenant le temps de remercier le chef pour ce déjeuner.

Dans la voiture, Antonio m'a dit qu'il connaissait bien le fils du chef. Génial, même les restaurants étaient de mèche avec la famille Gomez. Il m'a ramené chez moi ou plus exactement devant ma porte, je n'étais toujours pas prête à le laisser voir Mac. Je l'ai remercié pour le repas ainsi que d'avoir joué les chauffeurs et j'ai ouvert la porte sur un Bart en train de grogner.

Mac se tenait juste devant, moi qui souhaitais éviter qu'ils ne se croisent, c'était raté. Le regard de ma douce rebelle était rempli d'agressivité, pas contre moi, mais contre celui qui se tenait juste derrière moi. Elle s'est approchée de moi et a commencé à m'observer sous toutes les coutures sans cesser de fixer Antonio.

— Je ne l'ai pas touchée si c'est ce que tu veux savoir, elle n'est pas blessée, contrairement à toi, si j'en crois ton visage. Tu te bats toujours ? C'est dommage de voir de si vilaines marques sur un si joli visage…
— J'espère pour toi que tu ne l'as pas touchée sinon, je saurais te le faire payer.
— Mackenzy, on peut discuter tous les deux ?
— J'ai envie d'être avec ma copine maintenant, donc non, tu ferais mieux de partir tant que je suis encore un tant soit peu aimable.
— Tu sais qu'à un moment il faudra bien qu'on parle toi et moi ? Entre nous, il s'est passé bien plus que ce que tu le laisse croire. Sans compter que tu vas devoir arrêter ton petit jeu avec Ambre à un moment où un autre, je te connais Mackenzy et …

— Dégage d'ici où je te jure que tu vas ramasser tes dents dans l'escalier...

Antonio a souri tout en essayant de caresser la joue de Mac. Je lui ai alors passé devant pour les séparer avant que ça dégénère, Mac était à moi et personne ne la toucherait. Mac m'a prise par la taille et a repoussé la porte faisant ainsi disparaitre Antonio de notre vue. Il est parti tout en précisant que les choses ne se passeraient pas comme ça la prochaine fois. Je savais très bien ce qu'il sous-entendait et j'avais peur que Mac ne me pose une tonne de questions auquel je ne voulais ou ne pouvais pas répondre.

La porte verrouillée, Mac m'a embrassé et je pouvais sentir dans ce baiser qu'elle avait eu vraiment peur. Ses mains sont descendues sur mes épaules puis le long de mes bras qu'elle a serrés un peu trop fort, elle cherchait à se rassurer.

— Ça va Mac, il ne m'a rien fait. On est allé à la prison comme prévu et ensuite, il m'a emmené manger un morceau.
— Pourquoi as-tu éteint ton portable ? Bordel j'ai cru que... Ambre, ne reste jamais seule avec lui, ce n'est pas Franck, il n'hésitera pas à te mettre une balle dans

chaque jambe juste pour le plaisir. Antonio est loin d'être aussi doux que Franck, et Franck n'est pas vraiment un tendre à la base… Je me suis renseignée sur la prison, les horaires des visites… Qu'est-ce que vous faisiez au juste ?

J'ai pris mon portable dans mon sac et effectivement, il était éteint, je m'en suis excusée et l'ai allumé. En y réfléchissant, j'ai réalisé que je ne me souvenais pas l'avoir éteint. Antonio l'avait-il fait lui-même sans que je m'en rende compte ?
Je comprenais mieux son inquiétude. Je l'ai serrée plus fort dans mes bras tout en lui demandant pardon un demi-million de fois. Je lui ai expliqué alors que la famille Gomez avait plus de contacts qu'on ne le pensait et que Franck avait pu bénéficier d'une visite privée en dehors des horaires habituels. Mac a grimacé et j'ai pris ses mains pour croiser nos doigts, je pouvais sentir sa tension. Sans relâcher ses doigts je l'ai serrée tout contre moi, j'avais besoin d'être rassurée moi aussi, même si ce n'était pas pour les mêmes raisons, j'avais besoin d'elle.
Cette journée ne s'était pas du tout déroulée comme je l'avais espéré et j'avais hâte qu'elle se termine, que tout se termine.

Chapitre 14

Pas facile de croire que j'avais pu faire fuir ce tas de muscle, c'est pourtant la version des faits que j'essayais de lui faire avaler, sans grand succès évidemment. Quand je lui ai dit que j'étais allée le voir en bas, elle m'a regardée comme si j'étais devenue une Alien.

— Ce n'est pas un jeu Ambre, tu t'imagines que tous les Gomez sont comme Franck, mais tu te trompes. S'ils nous suivent et nous espionnent, c'est pour une seule raison, être certain que nous n'allons pas leur nuire davantage que ce que tu as déjà fait. Ils tiennent énormément à leur petite magouille de merde, tu…

Elle s'est arrêtée au moment où la sonnette de la porte a retenti, c'était sûrement pour la pizza. Elle a levé les bras au ciel en soupirant alors que j'allais ouvrir la porte.

Surprise, en fait de livreur, c'était Antonio qui se tenait là, notre commande à la main. Je suis restée un instant immobile ce qui a alerté Mac qui s'est approchée aussitôt, puis en voyant le cousin de Franck, elle a soupiré une nouvelle fois.

— Tu vois, je te l'avais bien dit, on ne peut pas s'en débarrasser. Quoi que tu fasses, ils reviennent toujours, c'est pire que la mauvaise herbe.

J'ai attrapé la pizza des mains d'Antonio et j'allais lui refermer la porte au nez mais il l'a bloqué de son pied, visiblement, il n'avait pas l'intention de partir comme ça. Je n'avais pas d'autre choix que de me pousser sur le côté pour le laisser entrer.

— Antonio, je ne savais pas que tu t'occupais de la livraison des pizzas maintenant, ce n'est plus la drogue ton truc ? À moins que tu n'aies drogué la pizza.
— J'ai croisé le livreur en bas et je me suis dit que j'allais en profiter et vous faire une petite visite.
— Et si on n'a pas envie de ta visite ?
— Je suis du même avis que Mac, alors merci pour la pizza et, la porte est juste derrière toi.
— Cette fois, je ne vais pas partir comme ça. Ambre, tu as fait comprendre que tu ne voulais pas de mes hommes

en bas de chez toi, pas de soucis, je ne veux pas te stresser dans ton état, mais soit tu fais avec, soit c'est moi qui devrais être présent. Pour moi, ça ne pose aucun souci, être proche de Mackenzy ne me dérange absolument pas. Mais, un ménage à trois, ça risque de faire parler les journalistes.

— On a le droit de vivre sans être épiées en permanence. Et si tu pensais vraiment à ce que risque de dire les journalistes, tu ne l'aurais pas emmenée jusqu'à la prison et encore moins invitée à manger je ne sais où.

— Serais-tu jalouse Mackenzy ?

Je pensais exactement la même chose, et si elle ressentait encore de l'attirance pour lui ?

Mon cœur a commencé à faire de petits bonds désagréables dans ma poitrine. Mac s'est approchée de nous tout en soutenant le regard d'Antonio, j'ai cru que mon cœur allait se briser tant son regard était intense, mais elle a tourné la tête au dernier moment pour m'embrasser sauvagement. Surprise, j'ai failli faire tomber la pizza mais je me suis ressaisie et l'ai déposé sur la table basse pour pouvoir rendre son baiser à ma belle rebelle.

— Moi, jalouse ? Oui, tu n'as pas tort, mais pas comme tu l'imagines. Je suis jalouse du moment que tu as pu passer avec Ambre alors qu'elle aurait dû être avec moi.

— Tu sais qu'un plan à trois ne serait pas pour me déplaire, bien au contraire, mais Franck ne va pas apprécier que je touche sa promise. C'est qu'il y tient énormément à ta chère Ambre, plus que tu ne le soupçonne. Je te connais Mackenzy, tu es intelligente, si tu continues ce petit jeu c'est que tu as une bonne raison. Est-ce qu'Ambre sait que nous avions prévu de tuer Franck ensemble ? Non ? Je vois que tu lui caches encore des choses à ta copine. Peut-être que tu devrais arrêter de jouer et lui dire enfin toute la vérité...

— Ferme-la Antonio et dégage d'ici.

— Non, j'aime bien l'atmosphère qui commence à se mettre en place ici. Ambre, je vais te raconter tout ça si tu veux bien. Tu permets que je m'installe ?

Je n'étais plus en mesure d'articuler le moindre mot. Mac, ma Mac, serait-elle vraiment capable de commettre un meurtre ?

Même s'il s'agissait de supprimer Franck, je ne la voyais pas être aussi radicale. Pourtant, quand je l'ai regardé, j'ai bien vu son attitude changer, je pouvais voir l'agacement sur son visage après les révélations d'Antonio. Qu'est-ce que je ne savais pas ?

Jusqu'ici mes doutes n'étaient pas fondés, mais maintenant, en la voyant réagir ainsi, comment ne pas croire ce que disait Antonio ?

Il s'est avancé, est passé entre nous, et s'est dirigé vers l'un de nos fauteuils. Bart a grogné mais ça n'a pas arrêté Antonio pour autant. J'ai rappelé mon chien sous l'œil étonner de ma rebelle.

— Ambre, qu'est-ce que tu fais, tu devrais plutôt laisser Bart le croquer un peu avant que je ne le foute dehors.
— J'ai envie d'entendre ce qu'il a à dire.
— Ambre s'il te...
— Aurais-tu peur Mackenzy ?
— Ferme-la toi.
— Ça serait trop facile. Et puis regarde, Ambre s'est déjà installée pour m'écouter. Allez Mackenzy, si c'est vraiment de l'amour entre vous, tu ne devrais pas avoir peur, elle ne te jugera pas... Bien, tout d'abord Ambre, tu sais que Mac trompait Franck avec moi ? C'est arrivé assez rapidement, j'ai tout de suite compris qu'elle n'aimait pas mon cousin. Un soir, après une très belle

nuit d'amour, je lui ai demandé ce qu'elle comptait faire avec Franck quand il saurait pour nous. Elle n'en avait aucune idée mais elle savait que Franck était dangereux et qu'il nous tuerait sans doute tous les deux. C'est là que je lui ai proposé de fuir avec moi mais, elle m'a dit non, elle ne voulait pas briser la famille. Je crois surtout qu'elle avait peur de la réaction de mon oncle. Alors j'ai cherché une autre solution, je devais lui donner une bonne raison de fuir, je n'avais pas le choix. Un soir, je suis allé voir une des jumelles. Non, ce n'était pas Franck qui les avait tuées, enfin du moins pas la première. Bref, j'ai fourni à la gamine de quoi lâcher prise et quand elle a été complètement dans les pommes, j'ai juste eu à rajouter une dose de drogue dans son organisme. Oui, je l'ai tué d'une overdose, je savais que ça ferait péter un câble à leur père et j'ai alors dirigé sa colère en direction de Franck. C'était simple, Gérard savait que ses filles se fournissaient auprès de Franck, je lui ai juste dit que Franck avait changé certains dosages et que ça avait joué sur la qualité. Bien sûr, Franck a réagi aux menaces de Gérard en s'attaquant à sa seconde fille ce qui a abouti au meurtre que Mackenzy a filmé. Elle avait à présent une raison et un moyen de fuir mon cousin. Sauf qu'à présent, elle représentait un danger pour toute l'organisation. La famille était menacée et plus seulement Franck. Mon oncle a laissé à mon cousin le soin de retrouver Mackenzy, c'était une chance pour lui de la convaincre de rentrer avec lui. Moi de mon côté, j'avais déjà un plan, j'ai dit à cette charmante jeune femme que Franck n'allait pas laisser le père des jumelles s'en sortir et qu'elle allait devoir fuir. Puis j'ai envoyé les hommes de Franck surveiller ceux de Gérard afin que Mac ait le champ libre. Durant sa cavale, on a gardé contact et on s'est même revu par la suite. Tu te souviens Mackenzy de cette chambre d'hôtel ? Tu te souviens de ce qu'on s'est dit alors ? Vas-y, répète-moi ce dont tu te souviens ma belle.

— On a dit que Franck n'allait pas me laisser tranquille, qu'il était trop tenace et tu as proposé qu'on le vire une bonne fois pour toute hors de notre route. Je t'ai demandé comment faire vu que même les flics étaient de mèche avec votre famille et tu as répondu qu'il suffisait de le tuer. Je n'étais pas d'accord avec toi pour le faire, et tu le sais parfaitement Antonio.

— Oui, au début… mais plus tard, tu as changé d'avis, pourquoi ? Parce que la dernière lettre qu'il t'a fait parvenir t'a fait comprendre que s'il te trouvait, il te tuerait. Il n'avait pas le choix de toute façon avec mon oncle qui le poussait de plus en plus de peur que tu ne finisses par faire une bêtise. Franck t'aimait encore à ce moment, tu le savais ? Et puis, petit à petit, Tu as commencé à me donner de moins en moins de nouvelles à moi aussi. J'ai pensé au début que tu cherchais à me protéger, j'ai cru un moment que tu craignais que je puisse te trahir, alors je t'ai fait suivre. Quand on s'est vu la dernière fois, je t'ai dit qu'on devait faire vite pour le tuer, il fallait trouver le bon moment et surtout trouvé un pigeon à qui faire porter le chapeau à notre place. Quand Franck ne serait plus, je devais te retrouver et on devait se marier, c'est bien ce que tu voulais Mackenzy ? Pour le pigeon, tu t'es mise à la drague, l'amour pouvait pousser les gens à faire n'importe quoi. Seulement, aucun des amants que tu avais n'était assez fort ni assez intelligent pour vaincre Franck, sans compter qu'il faut un sacré courage pour tuer quelqu'un… Et puis tu es tombée sur Ambre, timide, peureuse, elle t'a touchée. Ce n'était pourtant pas ton genre de femme. D'ailleurs, je me pose toujours la question, as-tu fouillé dans son passé pour savoir qu'elle serait capable de tuer pour toi ? Ou bien c'est juste l'instinct t'a guidé ? En tout cas j'avoue qu'elle m'a étonné, monter un plan de ce genre, bravo. Mais tu n'avais pas pensé qu'Ambre pouvait finir par en pincer vraiment pour Franck, et qu'elle n'allait pas le tuer, bien au contraire. En le faisant enfermer, vous étiez libres toutes les deux. Ambre peut maintenant dire à la police que si elle continue de voir Franck, c'est uniquement parce qu'elle a peur de qu'il mette ses menaces à exécution et ainsi, elle peut retrouver celui qu'elle aime tranquillement, tandis que toi, tu attends juste que toute cette affaire se calme, et tu seras enfin libre. J'imagine que tu finiras par la quitter en prétextant en avoir marre de cette vie... J'avoue qu'en tant que manipulatrices, vous êtes fortes, plus forte même qu'Ella. Bravo ! Ambre, ça va ? Tu es devenue toute pâle. Pardon, j'en ai trop dit, mais tu devais savoir la vérité. Je vais ouvrir la fenêtre, tu devrais prendre un peu l'air.

Il s'est levé et s'est dirigé vers la fenêtre qu'il a ouvert en grand avant de revenir près de moi et de me tendre la main comme pour m'aider à me lever. J'ai refusé de bouger, gardant les yeux rivés au sol. Mac n'avait pas contredit une seule de ses paroles durant tout son monologue...

Alors, c'était bien ça, je n'étais qu'un pigeon pour elle, j'étais juste celle qui devait leurs permettre de se retrouver…

Mac s'est approchée de moi, elle s'est accroupie devant mon fauteuil et du bout du doigt elle a essayé de me faire relever la tête, mais je me suis reculée, hors de question qu'elle me touche pour le moment ou alors je risquais d'éclater en sanglots et Antonio n'avait pas besoin de voir ça.

Mac a répété mon prénom, mais je me refusais à lui répondre aussi, Antonio s'est accroupi à son tour. C'était trop pour moi, avoir sous les yeux ces deux-là, deux manipulateurs, deux complices, qui s'étaient ainsi joué de moi. Franck au moins n'avait jamais caché qui il était, ni ce qu'il ressentait, d'une certaine façon, il avait été plus fiable que c'est deux-là.
J'avais été le pigeon facile à manipuler, la proie idéale pour faire leurs basses besognes, je leur avais donné exactement ce qu'ils attendaient. Antonio avait hérité de la place qu'il souhaitait auprès de son oncle et Mac était finalement libérée de son ex. Et en prime, je leur avais livré l'argent de la dernière transaction de Franck sur un plateau. Ils avaient à présent tout en main et je ne savais même pas quoi faire.

Mon cerveau tourné à deux cents à l'heure pour trouver une solution, faire le point sur la situation. Franck devait rester en prison, les autres Gomez devaient y aller aussi c'était évident, mais pas seulement, Mac n'avait peut-être tué personne mais elle n'était pas innocente pour autant, elle devrait sûrement payer pour complicité…

Antonio a posé sa main sur mon épaule ce qui m'a aussitôt sortie de mes pensées. Je me suis levée d'un coup, j'ai appelé Bart, et nous sommes sortis. Je les ai entendu s'agiter derrière moi aussi je me suis retournée pour leur dire que j'allais revenir et que j'avais juste besoin de prendre l'air.

Si Antonio a voulu me suivre, il semblerait que Mac soit parvenu à le retenir. Je ne sais pas exactement ce qui s'est passé entre eux mais d'après les dires de Mac un peu plus tard, ils se seraient disputés et Antonio serait parti peu de temps après.

Je n'avais pas pris mon téléphone avec moi, juste mon chien, mon meilleur ami, le seul qui ne me tromperait jamais. Je me retrouvais à la rue avec un rottweiler sans laisse, j'étais bonne pour une amende si je croisais la police. Je me suis dirigée vers le parc mais je n'ai pas été très loin, je me sentais trop mal et j'ai dû m'assoir à même le sol. Bart est venu se poser contre mes jambes et mes bras l'ont entouré, j'avais besoin d'un véritable câlin, et qui de mieux que mon chien pour ça ?

J'ai laissé mes larmes envahir mon visage, ce qui a fini par amener ma grosse boule de poil à me lécher le visage et je me suis retrouvé à rire. Ce chien avait le don pour me remonter le moral, maman savait ce qu'elle faisait à l'époque, il avait été et serait toujours présent pour moi, elle n'avait pas menti. Ce chien n'était peut-être pas le plus fort quand il s'agissait de repousser quelqu'un, mais il savait évaluer les gens, c'était mon détecteur et c'était mon ami, ma famille.

Je l'ai serré un moment contre moi avant de me relever. Ce n'était pas une histoire de cœur brisé qui allait me mettre à terre, sûrement pas. J'allais tout faire pour reprendre le control de ma vie.

Je me suis dirigée vers la première pharmacie ouverte, il était temps de faire face et de savoir exactement ce qu'il en était. Bart m'a attendu dehors pendant que j'achetais ce foutu test de grossesse. Ne sachant lequel choisir, j'en ai pris deux différents puis je suis partie en direction des premières toilettes publiques que je trouverais.

Mes pas m'ont conduit devant chez Carlos, la force de l'habitude sans doute. Il était plus de 20h00 et je ne voulais pas les déranger aussi j'allais repartir quand la porte s'est ouverte sur Carlos qui sortait visiblement les poubelles.

— Ambre ? Qu'est-ce que tu fais là ? Ça va ?
— Carlos, oui, je faisais une promenade avec Bart. J'allais sonner pour vous saluer mais je me suis dit qu'il était tard, je ne voulais pas vous déranger.
— Mais non, attend je vais jeter ça et on rentre.

À l'intérieur, J'ai installé Bart dans l'entrée pendant que Carlos est allé se laver les mains et a prévenu Nadine que j'étais là. Elle était en train de coucher Annie et quand elle est enfin descendue, Carlos me servait à boire. En me voyant, elle a gentiment demandé à son époux de nous laisser, ce qu'il a fait sans rien dire, puis elle m'a pris par les mains et m'a dit que je pouvais tout lui dire. Je suis restée figée avec l'air idiot, est-ce que ça se voyait sur mon visage ?

— Je t'ai vu par la fenêtre de la chambre. Tu n'as pas ton sac, ton chien n'est même pas attaché, tu as des ennuis ? Une dispute avec Mac ?
— Heu... Je... En fait, non même pas, aucune dispute, j'avais besoin de prendre l'air, ces derniers jours étaient plutôt compliqués.
— Je sens bien que ce n'est pas tout. Si tu as besoin de parler, n'hésite pas.

— Nadine, je ne sais plus que croire et encore moins qui… Je ne sais même plus comment réagir… Mac m'a caché certaines choses et les Gomez sont toujours après nous… Et je crois que je suis… Non, rien

— Attend, calme-toi, respire un grand coup. Tu doutes de Mac ?

— Elle s'est servie de moi, j'étais un pigeon destiné à faire tomber Franck. Tout était planifié depuis le début, Mac et Antonio, pour que leur plan fonctionne, il leur fallait une personne de l'extérieur, moi. Sauf que je n'ai pas tué Franck comme ils s'y attendaient. Finalement, le seul à avoir été franc avec moi, c'était Franck, ironique non ? Même s'il mérite la prison, je me sens fautive, j'ai fait exactement ce que Mac et Antonio attendaient. Maintenant, la famille Gomez menace tous mes amis et je dois faire ce que Franck attend de moi. Et malgré tout, je suis toujours amoureuse de Mac.

— En effet, ça fait beaucoup… Mais, tu es sûre de tout ça ? Je ne parle pas des menaces de Franck, on s'y attendait, mais pour Mac ?

— Elle n'a pas contredit les dires d'Antonio qui essaie en plus d'être gentil avec moi sous prétexte que je suis enceinte…

— Enceinte ? Ambre... De Franck ? Oui, bien sûr, ça n'est pas possible que ce soit de Mac…

— Je dois faire un test, je ne suis pas sûre. Mais non, ce n'est pas de Franck, si je suis enceinte, ça ne peut être que de Scott, mon ex. Il faut me promettre de ne le dire à personne, s'il vous plaît… Je dois trouver un moyen de faire ce teste discrètement maintenant, je dois savoir…

— Et pourtant n'utiliserais-tu pas nos toilettes, promis, je ne dirais rien à personne.

Oui, c'était une bonne idée, personne ne saurait que j'avais fait un test ici quand bien même les hommes de Franck ou d'Antonio m'auraient suivi. Je me suis levée, j'ai pris une grande inspiration, et j'ai filé aux toilettes. J'ai sorti les deux tests, les larmes me montaient aux joues, puis j'ai suivi les instructions…

*****

Mon amour, à mesure que je t'écris et que je rassemble mes souvenirs, les émotions me submergent, à ce stade de mon récit je dois faire une pause. Tout en écrivant ces mots, je réalise que j'ai vraiment besoin de retrouver tes bras pour y puiser de nouvelles forces qui me permettront de finir l'écriture.

Je pose mon crayon et me dirige vers la chambre où mon amour, mon ancre, ma force m'attend...

Fin de la première partie

Mentions légales

© Rouge Noir Éditions 2020

ISBN : 978-2-92562-32-9
Dépôt légal à la BNF : Février 2020

Rouge Noir Éditions
Avenue de Saint Andiol
13440 CABANNES

Site internet : www.rougnoireditions.fr